你若坚强，岁月无恙

SS大小姐 作品

Beyond
The Time Heart
Calls

长江出版传媒 | 湖北教育出版社

Beyond

the Time Heart

Calls

前言 ⊙

有谁不是个异乡人，永远孤独

也许在异乡，人的感情更为敏感。

二〇〇八年二月二十九日，一个自称为“杨大小姐”的女人到达福建。

她不知道等待她的会是什么，却勇敢得义无反顾。

那个疯狂了二十余年的她，在这一日，把她的性格展现得淋漓尽致。

她还把这一日厦门的机场美其名曰：梦想开始的地方。

于是梦想开始了。

这似乎更让人相信：只要很想做一件事，就可以做得到。

她曾设想过很多只身一人在福建的场景，诸如临行前的噩梦：一个人拖着行李箱在厦门街头迷路，不知所措。

她也想象过很多美好的事，也知道痛苦与美好相辅相成，一个重大改变的背后总要为一些负面的情绪做好心理准备。

她什么都想到过。

可是她没想到的是，将和一帮人难舍难分。

她不明白的是人为何要付出感情，为何有些人付出的多，为何有些人有所保留，为何付出的对象是这些人，而不是那些人。

也许是因为身上的气场相投？

也许在异乡，人的感情更为敏感？

也许只是因为这些人肯让她依赖？

她仍然相信，冥冥中注定的力量。

也许她命中注定将遇到一些人，会发生一些事。欢笑时分享快乐，难过时拍拍肩膀，都是她生命中注定的缘分。深入骨血，不可磨灭。

于是她想，总要为这些缘分做点什么，就像每个人都有表达感激的方式。

她的方式，是记录点滴，沉淀回忆。用她的语言，写下一些人共同的故事。

于是，这些文字，像书像信像日记，更像是自言自语。

可是写作的过程并不轻松，回忆刚失去的东西，让她苦不堪言。

她写的时候会笑，会哭，会词穷，会突然停下来无法继续。

但她仍然坚持写完，只因在写作的过程中所有的过往会不断重现，这样，她又能看见昨日的笑脸。

生命中有一些人，想起来，总是会觉得温暖。

她想起彼时的一幕幕，是一片繁盛的灿烂。

而每个人的脸都那么可爱，眼角带着温暖的笑意。

她猜想大家在看这本书的时候又会如何想起她。

大哭大笑？还是平静失神？

或者只是唱歌、打台球、买菜做饭。

呵呵，无论怎样，她都希望用她的方式留住一段回忆，送给自己和那些让她难舍难分的人们，用那彼时的繁盛，照亮一些被岁月忽略的荒芜。

1 Chapter

春风沉醉的夜晚

Beyond

the Time Heart

Calls ::

目录
CONTENS

Chapter 2

情歌没人听，我也唱得动情

3 Chapter

心里有些伤口，愈合需要很久

Beyond

the Time Heart

Calls ::

目录

CONTENS

Chapter 4

在塔前吹风，在离开前相拥

Chapter 1

春风沉醉的夜晚

Beyond

the Time Heart

Calls

one

01 :: 我来到你的城市，走过你来时的路

二〇〇八年二月二十九日。

单从日期上看，这也是不寻常的一天。

订完机票后我才发现：以后若是要纪念今天，四年才得一个机会。

北京时间下午一点十五分，飞机降落在厦门机场。

只有我最清楚，这一刻的到来，有多么不容易。

接近四个月的折磨：做决定，然后挣扎；为劝服各种阻力，找出无数理由；寻找鼓励和自我安慰；失掉同伴固执地孤单上路；再加上离开北京前那一场声势浩大的告别——短短四个月而已，却像经历了一场人生。

老妈说这种折磨纯属自找，不值得同情。

我没有任何言语反驳，只好学会了在老妈面前伪装快乐。

这一刻终于到来了，我终于等到了梦想中的那一刻。

这一刻的心情让我觉得所做的一切都值得。自我折磨时流过的泪，纠结时的压抑，内心的委屈，在这一刻，都灰飞烟灭。

我对自己说：你刚完成的是一件大事，现在面对的是一个新的

开始。从这一刻起，一场华丽的冒险将在陌生广阔的土地上展开。未来无限大，终点在哪里，何时停下来，很多人都好奇，你却丝毫不畏惧。嘿，小妞，我为你骄傲，你一定要比你想象中更加坚强。

我发自内心地回应空姐的甜美微笑。

厦门，我真的来了。

幸福，我来找你了。

下飞机的那一刻我拨通了大雄的电话，我的声音有点颤抖，大雄的回答却出乎我的意料："他们应该到了吧？"

他们？那大雄……没来？

我的心里有点失落，但很快被持续亢奋的心情掩盖了。我推着行李往外走，在出口处看见很长的一条红色横幅（后来才知道有五米），写着很大的一行字——热烈欢迎杨时敏莅临福建。

横幅后面是一排熟悉的脸——阿平、妮妮、Joe、大头还有阿毛。

我的双眼泛起雾气，但我仍然笑得花枝乱颤。

他们站的位置有些逆光，黑色的投影映在脸上，任我再努力也看不清这一刻他们的表情。而他们身后，是一片明媚灿烂的阳光。

之后的对白我有些记不清了，不是时隔太久让记忆模糊，而是当时激动的心情让这一切都有些恍惚。彼时我的一颗心被莫名的东西溢得满满的，眼前的一切仿若梦境，不敢相信眼前这一切都是真的。

厦门比我想象中热，我不合时宜地披着黑色大围巾。

而大雄真的没有来。

Joe说大雄家里临时有重要的事，先回去了，然后将手机递给我看，居然是大雄录的一段视频，说的什么我也没有听清，大概是说反正马上就要见面了，虽然这一刻没有出现，也不是那么要紧。

猪少也不在。

出了机场我打电话给在深圳的猪少，分享这一刻的喜悦，我大笑着说："我来你的管辖范围了呢！"

后来妮妮回去上班，其他人陪我找到现在的公司，地址在思明区软件园二期，地方有点偏，胜在安静。接待我的经理详细给我介绍了几个职位的工作内容，让我想清楚后再做选择，然后公司的阿姨带着我们去了我的宿舍。公司宿舍在一个叫前埔二里的小区，宿舍是一套合租的大三居，我的房间是一个小次卧，房间门是个装饰门，没有门锁，和周围的木板墙连为一体，关上门我的空间仿佛被隐藏起来，进入异度的世界，颇有意思。隔壁住着公司的男员工，我在之前的二十余年都没有和男人合租的经历，心里难免有点忐忑。

Joe和阿平扛着我超重的行李上了六层，因为带路的阿姨车里坐不下，大头和阿毛在软件园等我们，这才逃过了帮我搬行李的厄运。

看着Joe和阿平气喘吁吁的模样，我心里很过意不去，然后又想到现在离得近了，这份情，我可以慢慢还，于是又安心了一些。

阿平是个外形线条很粗的男人，看上去像北方人，有着硬朗的身板和黝黑的脸庞，可他的细心出乎我的意料，他居然第一个发现我的房间没有门锁。

于是Joe建议我晚上跟妮妮去樾宁家住，等第二天安好门锁后再住下来。

看着被风吹得来回晃荡的木门，我叹了口气，点头表示同意。

我们和大头、阿毛会合后，他们送我去找妮妮，见到妮妮后他们就回晋江去了。

看着Joe的车渐行渐远，不知怎的，我突然恐慌起来。

忽然间想起临行前我做过的一个梦。在陌生城市里，我一个人拉着巨大的箱子彷徨在人潮汹涌的街头。于是我突然清醒了，不再精神恍惚地梦游，回到现实中来。

自己可能远比想象中胆小，只是我还没有发现而已。

真不想他们走。

被呵护的幸福感也随着那辆银色的车，渐渐消失。

后来我想，我对这群人的依赖感，也许是从那一刻就开始了。

晚上我在樾宁家附近办了在厦门的新手机号。

我在一大本白底黑字的号码里偶然翻到这个号码，一眼看到就决定是它了。那醒目的后四位“7102”也是我在北京用了快六年的手机号的后四位，而“592”是厦门的区号，这个号码让我开心地觉得我跟这个城市连在了一起。

我群发短信通知大家我换号了。

大头问我“592”和“7102”中间那个“1”要怎么讲。

我笑笑说：“厦门‘要’时敏呗！”

是啊，厦门要时敏。

是个好兆头。

微凉的海风带着独有的咸湿气味，传达一些陌生的讯息。

一切与梦境相似，如今我真的走在人潮汹涌的陌生街道，耳边开始不时传来听不懂的地方口音。

陌生、彷徨，却不算太差。

因为我深知，生活在哪里都会继续。是自己选的，坚信不会错。

two
02 :: 伪装快乐的时候以为自己很了不起

真实的生活让爱做梦的人从梦境中醒来。

我终于不再做梦了。当我每天端着豆浆等班车的时候，我清醒地知道，我终于生活在厦门了。

厦门，这个在我想象中已经居住了数百年的城市。

但我在无数次的想象中似乎都刻意过滤了负面的情绪。我承认，所有的事，都比自己想象中的难一点儿。

从到厦门那一天起，我的手机就频繁响起。来电有北京的、武汉的、重庆的、福建的，我被来自四面八方的关心包围着。

只是，依然没有大雄的电话。

我不知道为什么。

二〇〇八年的三月二日是我来厦门后第一次哭。

猪少从香港回到深圳，电话终于接通后，我有点忍不住了。

猪少曾说最怕我哭，但滑稽的是在他面前我最容易失控。

那些不快乐的情绪在他面前会自动放大，显得特别委屈。

所以我哭了。

而这些，老爸老妈并不知道。

我伪装快乐的时候以为自己很了不起。

而这几日，我还做了很多自以为很了不起的事。

房间没有锁，我自己找来锁匠；没有网络，我自己找来宽带公司安装；害怕和男人合住，我总是在睡前反复检查门后的链条。在没有安上链条的那晚，我拿着塑料袋、长围巾将门把手和柜门拉手死死绑在一起。

精神上的高度紧张让身体也特别容易疲惫，一向路痴的我出入小区买些生活用品，竟然也能出去一次迷路一次。

太累了。

住在这里的第一晚我忐忑不安地入睡，没想到竟一觉睡到了天亮。

我终于安定了下来。周围急救中心、派出所、小区保安的电话我都存好了。

我将北京家里墙上的那些老照片和自己画的画也带了过来，贴在了属于我的小屋里，我以为这样就算没有离开北京。

有时我看着墙上那些照片里熟悉的脸，会慢慢低下头，那一刻的我感到无比沮丧。

也是在那一刻我发现，原来我所怀念的，都是最初的模样。

而彼时我内心里的那个胆小鬼也开始作祟，不停地对我哭喊：“回去吧回去吧，回到熟悉的地方吧！”

其实我并没有多么想念北京，只是想家，想念家人陪在身边的日子。

妈妈的电话总是隔两三个小时就来，我清楚地知道她很担心我，即便这样，我还是很高兴接到妈妈的电话。我的声音因而变得快乐起来，像每天都有说不尽的好事情发生。

我也清楚地知道有我这样一个女儿妈妈该有多么伤神。于是我在心底暗暗发誓：如果这次我放弃了，回去一定好好听妈妈的话。

可我记得高大头很久以前对我说过："今天会比昨天好，明天会比今天好，第四天会比第三天好。"

听上去像句废话，却充满力量。

这一切都是我选的。无论沮丧、疲惫、无助还是寂寞，都是我选的、我坚持的，不是吗？

所以这次，我没有难过的资格。

彼时我能做的也许只是逼迫自己睁大眼睛看着我的新生活。

午饭后我在小区里散步，空气里有大海的味道，轻柔的海风扑面而来，是一天中多么难得的享受。

厦门有安静的调子，走两步就能看到精致的面包坊或者咖啡馆。

厦门的菜很清淡，很对我的口味，还有那么多可口的小吃。

新同事都年轻、活泼、和善，他们说话不紧不慢，让我感到很舒服。平面设计和广告创意对我来说是全新的领域，我看到的是奇思妙想，感叹的是精彩绝伦，工作的时间不着痕迹地飞快流逝，这是多么愉快的工作氛围。我想出的几个字若是被团队采纳，那掩饰不住的欢喜雀跃的心像是快要蹦出海平面初升的朝阳，那么热烈急切。

这是我在厦门的第六天。

也许吧，所有的开头总是会难一些。

我不能在还未认准航向的时刻就先让泪水起程。

three
愿意相信的，都是爱听的 :: 03

“时间过得很快”似乎可以作为一切的发语词。

是很快，转眼我到厦门竟然已经一周了。这是我在这里的第一个周末。

妮妮回石狮了，我本来想跟着她回家，但被她婉言拒绝了，于是我去了樾宁家。

我和樾宁并不算熟，也谈不上喜不喜欢，只是这是我在这个陌生城市里过的第一个周末，我特别担心自己落单。

在樾宁家，我吃到了樾宁妈妈做的家常菜，不咸不淡，酱油味略重。饭后我跟樾宁窝在沙发里看平时很少看的电视剧。我这才知道台湾有部长剧叫作《意难忘》，戏里每个人的表情都狰狞夸张，让我忍不住想笑。樾宁妈妈却全情投入，摩拳擦掌，几乎要冲到电视里去揍那个心狠手辣的反角几拳。

我对自己说，这样的周末其实也是不错的，至少我不孤单，我对樾宁和樾宁妈妈心生感激。

只是却有一种被人收留的感觉。

樾宁看出我的不快乐，要拉我去后山的天竺寺拜拜，说要带我去求签，她说那里很灵的，尽管去试试。

求签，像求心安。我想，若是得到一星半点的指示，也不至于自己整天胡思乱想，越想越困惑，越困惑越难过。于是，我就跟着去了。

闽南小城香火旺盛的程度，让我叹为观止。

小小的天竺寺，人头攒动，拥挤程度堪比南普陀。

四面都有独立的小型庙宇，供奉着不同的佛像。每尊佛像前都摆着相似的香案，香案上摆满香烛和红黄两色的经文，还有虔诚的香客带来的供品。

念经和敲打木鱼的声音萦绕在耳畔，声音传出的地方被拥挤的香客们遮挡，寻不到踪迹。浓烈的香烛味在狭小的空间充斥着，四周的佛像、庙宇在缭绕的香烟中变得飘忽模糊，恍惚间，我仿佛到了传说中的极乐世界。

我跟着樾宁的步骤，模仿她的动作去拜佛，才发现原来自己以前拜佛的礼数错了好多。

我在心中默念：罪过罪过。

这是我生平第一次求签。

求签讲究心诚，我自然是虔诚至极，心却惶惶然，不得平静。

我在寺里师父的指导下，上下摇晃签筒，然后闭眼，默念心中所求事。签筒发出“哗啦哗啦”的声音，过了一会儿，一支签从签筒里掉了出来，上面写着：第二十七签。

我捡起签走到师父面前，递给他，小心翼翼地说：“求姻缘。”

是否女人求签都为姻缘我无从知晓，至少彼时，我这般庸俗。

师父看了我一眼，取了签文出来，我看见签文上面写着：

运到斯时有底乘
吉云否极泰将来
拔萃超群跻圣域
看看改变出尘埃

“塘边半山土地公签诗，第二十七首，卢陵王招驸马，薛蛟薛癸徐达受挂元帅，大吉。”

我万万没想到是上上签，大吉。

我苦笑。

该出现的人，一直没有出现。甚至，杳无音信。

解签的师父一边看我，一边在旁边解释，说的是闽南语，我一句也听不懂，却努力地不肯放过一个字。樾宁在一旁慢慢给我翻译，她高兴地说：“师父说你的姻缘就快出现了呢，他说如果现在的这个不顺利就不要浪费时间，真正属于你的那个就要出现了呢。”

我感激地点点头，眼角竟然有些温热。

没错，追求幸福的过程，我从未放弃过。

只是，关于幸福的结果，我却觉得有点奢侈。

谁会是那个能给我带来幸福的人呢？

师父满脸的皱纹似乎都舒展着无尽禅意，眼睛里闪动的光都像是佛祖映射的某种指示，让人信服。

也许人就是这么奇怪，愿意相信的，都是爱听的。

彼时的我深信不疑，我要的就快来了，应该耐心点，默默等待。

我怀抱着一纸再虚幻不过的签文，像怀抱一个更加虚幻的希望，在下山时，脚步轻快了很多。

four
04 :: 来到厦门，发现日子没什么两样

心理学上把“适应”定义为“当外部环境发生变化时，人们通过自我调节系统做出能动反应，使自己的心理活动和行为方式更加符合环境变化和自身发展的要求，使主体与环境达到新的平衡的过程”。

从这个定义上理解的话，适应是人的一种基本需要。

虽然我未曾料到来到厦门后会如此孤单，我想念和想见的人都有自己忙碌的生活，并不能因为我的出现而改变生活的轨道。即便我仍然是一个人，但是随着时间一天一天过去，心情也渐渐好了起来。

我逼迫自己，在最短的时间内振作，恢复到以前的生活状态。

难过的时候我对自己说：“宝贝，你要活好当下，珍惜每一天。”

到厦门的第十天，我的新同事真真带我去了厦大一条街。现在已经有新的同事约我了，我很高兴。这似乎意味着这个城市也开始向我展开臂弯。

503路公交车经过厦大白城那一站的时候，我远远望见熟悉的厦

大海边，黑暗处，似乎传来昨日的海浪声。我想起曾经在沙滩上用沙子做的蛋糕，还有在沙滩上写过的字，应该早就被海浪带走了吧。

在厦大街角的一家创意小店里，我淘到了可以装饰房间的小玩意儿。

一个人待在房间里的时候，我喜欢装饰屋子，摆一摆，贴一贴，小小的一间房被我弄得花里胡哨的。啊，我这个小资产阶级情调严重泛滥的女人。

到厦门的第十一天，我被公司派出去看了一天的楼盘，然后被环岛路上叫“海峡国际”的两套样板房迷得七荤八素。那是海边的别墅，有日式温泉风格的大浴缸嵌在四周布满人工种植的热带植物的露台中央；中、西餐的厨房分开，清爽的线条配合柔和的灯光，简洁却更显品位；还有一面墙被设计成水晶玻璃的储酒橱，吊着精致晶莹的高脚杯。

厦门人似乎很懂得享受生活，房子设计的每一个细节都显示出对自己的呵护备至。于是我暗暗下定决心：即使这房子不是我的，等我老了以后也要在厦门有一个自己的窝来享受夕阳时光。

到厦门的第十二天，我在禾祥西吃到了一种奇怪的东西，翻译成普通话是“碗仔粿”或者“油葱粿”。店里的阿伯介绍说是用好多种米磨成粉，调味凝固在碗里，保持温热的温度。吃的时候用刀划开，加上各种辅料，一般是酸萝卜片、香菇丁、肉圆之类，还有甜辣酱，或者自制的番茄甜酱。卖相一般，口感还不错。

彼时我忽然觉得，我会成为“厦门通”的，而且用不了多久。

到厦门的第十三天，我在枝繁叶茂的街道里，已经可以听到蝉鸣了。

当我意识到这个小城的巷子不用再像旅游时赶在几天内拼命逛完，我心里涌起强烈的幸福感。就让我的步子慢些，慢些，再慢些吧。

到厦门的第十六天，我发现了一个绝好的地方，厦大附近的南华路。

我依然是一个人上路。

我在熙攘的厦大一条街吃完午餐，饶有兴致地看和尚和情侣擦肩而过，在晓风书屋我买到两张手绘的可爱地图，还有很厚的一本电影集子，叫《最好的时光》。

我在思明南路的时候远远望见维尼西亚音乐餐厅，是俄式还是中式？说不上什么风格，只看见一个外国老太的背影浸在午后的阳光里，弥漫着平和的香气。

嗯，平和。这两个字促使着我去往南华路。

那会是什么时候的老别墅？就这样随意地错落在半山，高高低低的山坡，如果不走近，绝对发现不了这里原来有这么多可爱的咖啡馆：雅舍、朗地、斡旋……我跟着墙边的涂鸦走，下阶梯，不一会儿眼前出现一个植物茂盛的小园子，有两个老外在聊天，桌上放着新鲜的水果。我继续往里走，看见吧台后穿着墨绿色围裙的服务生在讲电话，零落的几个客人各自做着自己的事，没有人抬头看我这突然闯入的陌生人，也没有服务生热情地迎上来招揽生意。我有点讶异，自顾自地边走边看。

我抬头看见墙上挂着一面白色的画板，用黑色的粗水笔写着：

我喜欢每天起床、看天、晒太阳、闻花香。

有一天，懒人想：

我要去远方。

她来到厦门，发现日子没有什么两样。

于是，

她依旧每天起床、看天、晒太阳、闻花香。

这句话，一下子击中了我的心。

这时我才发现，这里是最出名的国际青年旅舍。南华路四十一号。

曾听朋友说起过这家旅舍创业的故事。一个北京的女孩在厦门住过几晚后，决定改变自己朝九晚五的生活，于是马上回家打包了行李，辞掉了工作，来到南华路开起了这间旅舍。

起初我觉得故事夸张，可如今置身其中，终于相信。

我继续走在巷子里，四周很安静，安静得能听到别家咖啡店磨咖啡豆的声音。

我选在十三号咖啡店坐了下来，要了杯卡布奇诺。我所在的二层露台被淹没在一片不知名的植物里，这里就我一个人，我也被淹没了。

翻开的书，一页都没有看。肉桂粉的香味，飘来飘去，我自己也不知道在想什么。

就这样一直到黄昏。

我仿佛又找回了以前的那个我，那个不害怕一个人，能安排好自己的小日子，精彩地打发一个人的时光的独立的我。

彼时我想，该为自己高兴。

到厦门的第十七天，同事小吴带我去海边晒太阳。47路公交车在环岛南路上飞驰而过。在厦门，只有司机可以让我感觉到这个城市是动着的。

天不是很蓝，海上有薄薄的雾气，早春的阳光很温柔，我不怕把自己晒黑。远远望去，海面上有白色的帆船，飞得低低的鸟儿，那些行动着的轨迹把一幅完整的画面分割成更丰富的断章。而我这边，有白色的细软沙滩，赤脚玩沙的孩子和几只彩色的风筝。

我们在礁石上坐着，我很少说话。周围有好多拍婚纱照的美丽新娘。

我还不怎么会穿女人味十足的小跟儿鞋，从礁石上下来的时候一个不小心，我狠狠地摔在了沙滩上。

疼。

我尴尬地对着小吴笑笑，他也许不知道我有个坏习惯，就是每次在一个美丽的地方，总要出点状况。

在我的要求下，我们去曾厝垵走了走，据说那里住着一些搞艺术的人。在隐蔽的胡同里，有个叫作“梦旅人”的客栈，客栈大院里有口古老的井，到了夏天可以爬到井里去乘凉。

我从“梦旅人”斑驳的木门缝隙里往里望，院落里栽着花花草草，茂盛的枝叶把阳光切成碎片，那口老井就安静地躺在一边。如果不是院里隐隐传来的爵士乐，我会以为这是某位古人的故居，而绝不是旅舍。

曾厝垵应该是厦门最古老的样子。独门独栋，一家就是一栋小楼房或者一个封闭的小院子，砖墙上挂着门牌，写着“曾厝垵社×号”。

每一家都有属于自己的门牌号。

院落或高或矮，院墙上爬着藤蔓，看得出每户人家都对自己的房子精心设计过。

小的时候看动画片《机器猫》，我梦想过拥有这样一套房子，可以挂着自己设计的门牌，还有风信子肆意招摇。

“只有在厦门我敢迷路。”我在曾厝垵一条巷子里对小吴说。

是啊，横七竖八的很多路，却并不让人困惑，尽管每一个拐角都连接着无数条可以选择的可能。我毫无目的地走，知道迷路了，但奇怪的是没有死胡同，每到一个不知道如何前行的路口总会出现柳暗花明的方向。

我的没有方向感在这里得到了认可和最大的包容。

来厦门的第十七天，似乎忘记了异地感。

我的每一天都因为新鲜而变得有意义。

到厦门的第十八天，我听说了这个周末猪少要回晋江的消息。他说周五会来厦门机场送人，然后可以顺便接我回晋江去。我的内心有种抑制不住的期盼，我高兴地跳起舞来，享受久违的快乐，我知道这个周末的聚会对我有多么重大的意义。

我在厦门已经生活三周了。

我迫切想见猪少，超过我爸妈。

我也迫切想见“贱人群”的大家，就像每次过年回武汉想立刻被一大家子人团团围住，热热闹闹。

还有，我也想见到大雄。

他在我的生活里突然失踪了这么久，我有好多个“为什么”想要问他。

也许，我需要一个解释。

five
05 ∷ 没有凡人可以在生活中做个快乐的孤单者

终于盼来了周五。

在机场见到猪少的一刹那，我有上前抱抱他然后哭一场的冲动。

在去晋江的路上我的嘴几乎没有停过，就好像每次放假回家的头一天，都要紧跟在爸妈身后满屋乱转，缠着他们不停地说话。

真的很久没说这么多话了。

还没等我说够，转眼我们就到晋江了。

这是我第三次到晋江。

而这一次，我的感觉是完全不同的。虽然这里依旧陌生，却让我倍感亲切。

猪少把我交给Joe以后，说有事就先走了。Joe和阿毛带我去吃传说中晋江最经典的阿秋牛排。这是一家老店，据说浓缩了他们这一帮人高中时的回忆，他们也算见证了阿秋牛排馆的发展和成长。

这家老店的牛排跟我以前吃过的牛排是完全不一样的，并不是我想象中像西餐牛排那样一大块肉煎成几分熟的模样，而是小小的一块儿，用浓香的咖喱酱汁浸过，再配上滴过汤汁的咸饭和白灼的生菜，啧啧，极大程度地满足味蕾。

吃完饭，我们去接Joe的女朋友，Joe告诉我她姓丁，叫瑞萍，闽南话发音“水萍”，我觉得听起来很诗情画意。

这是我第一次见到瑞萍，当时我在车里，她在家门口。瑞萍是我这本书里名字出现频率最高的女人，然而她的出场并不算隆重。当时，天已经黑了，我第一眼看到她的时候看不清她的脸，只记得她穿着黑色衣服，小小的，扎着辫子。之前我听过跟她有关的事情，八卦的那一面自然引起对她的诸多好奇。Joe说今晚我要住在瑞萍家，所以我对这个传说中的女人更是充满了期待。

瑞萍上车了，坐在Joe旁边的副驾，那似乎是她专属的座位。我终于看清了她的模样，白白的，小小的脸，戴着黑框眼镜，说不上哪里让我觉得她跟Joe有点夫妻相。然后她转过头来向我问好，我客气地冲着她微笑，俩人都礼貌而客套。那一刻我真的没有想到，之后很短的时间内，我们可以那么要好。

Joe和瑞萍带我去泉州的大坪山上看夜景。路上他们给我介绍泉州的风土人情。原来闽南人喜欢用彩色的霓虹围满水岸，装饰高大的建筑、大桥。也许是有海风撩起彩色的水波荡漾，让这里的夜景有了另一种味道。这里的人和厦门的人不同，他们晚睡，而且夜生活丰富，经常半醉半醒地走在灯火通明的街头。对大多数人来说，夜是造梦的时候，而对他们来说，一天的生活也许才刚刚开始。

夜晚的大坪山顶，风很凉，山路两旁黑压压的树丛里挂着白炽灯，但是光线并不强烈，透过树影，洒下的是温柔如水的光。我们开车到半山腰，然后走上去。山路上没什么人，格外安静，只有树叶沙沙作响。

我在山顶深呼吸，心里的褶皱一点点地舒展开来。

脚下踩着的那些星星点点的亮光蔓延开来，远方灯火一片。

我想到电影里经常发生的情景，男女主角相依在山顶看山下的灯火，然后总会有古老的台词，说："你看啊，那每一盏灯后面都有一个故事。"或者是这样的独白："你知道吗？一盏灯代表一个家在为你等待。"

我看到的是泉州的灯火，我想到的是我家的那盏灯，不知道在哪里等待。

我低头看远方，把这些天有过的负面情绪——难过、困惑或者其他，都一一向Joe诉说。刚刚才认识的瑞萍就站在一旁，我竟然也可以把心事说得毫不隐瞒。

倾诉的过程可以让人重新整理好自己的情绪。往往说出来后才暗自惊叹：原来我的想法是这样！

心里有过的迷茫，都渐渐被这山顶的风吹散了。

我们从大坪山下来后，Joe开车带我们去石狮，他说大雄晚上会出现。

一路上我都在想，见面时，我可以问他为什么消失了那么久吗？

我们约在石狮的一个台球馆见面，这里的台球桌桌面都是天蓝色的。

Joe和我打完两局后，大雄来了。

大雄穿着去年圣诞节去北京时的衣服，脸上却挂着生疏的笑。仿佛我们才刚刚认识，比我认识瑞萍的时间还短。

我也对大雄笑笑，他的笑容忽然让我不敢靠近，纵然有那么多想问的，我也不再说话，只是闷声打球。

我们之间像隔着点什么东西，无法触碰。

大雄打球很认真，技术也不错，每局他都会让我两个球，但我这只菜鸟还是输了一次又一次。偶尔他也会失误，失误的时候他会趴在台球桌上把头埋进去，或者鼓起腮帮子作吐血状，像个小孩子。我只觉得他这副样子很有趣，便也跟着哈哈大笑起来。

气氛好了很多。

大笑真好，我喜欢大笑。好像那隔着的东西，也被笑声带走了，好像我面前的这个男人又回到了去年圣诞夜、在北京的那个他。

很快到了凌晨两点多，我一个晚上都没有多说话，只是打球还有微笑。

心里面的那些“为什么”，我忽然之间决定不问了。

从台球馆出来，我跟大雄说了再见后，跟着上了Joe的车。

我以为不想问“为什么”就等于什么都不再想，可心里并不轻松。

Joe和瑞萍没有直接带我回家，而是带我回晋江去吃沙嗲面，我没有吃夜宵的习惯，但这家店也是被大家隆重介绍过并且强调一定要我试试看的。

这家闻名的沙嗲面馆开在路边，小小的门脸，一点儿也不起眼。已经是凌晨两点多，小店的门口竟然还停满了食客们的车。

我尝了尝，似乎跟厦门的沙茶面有点相似，也是沙茶酱调过味的汤头，配上细细的黄色碱面，有海鲜、鱼丸、排骨、猪脚、内脏等几十种配料供人自由选择，烫熟后浇在面里。

这家的沙嗲面味道似乎有些特别，Joe说可能是跟厦门的沙茶面比，这家的汤里少了花生酱的缘故。

我们三个人把汤都喝得干干净净，擦嘴的面巾纸扔了满桌。

Joe说："时敏，不知道为什么，你让人没有距离感。"

我听到后很开心地笑笑，瑞萍也放下了客套。

我跟在瑞萍身后回家。

瑞萍家很大，好几层，还在装修，楼道上还没来得及装上围栏扶手，我有点恐高，所以尽量贴着墙走，唯恐踩空了摔下去，瑞萍也一再提醒我要当心。呵呵，当时谁又能想到，现在的我在这楼道上已经可以快步如飞了？

瑞萍说客房还没装修好，让我住在三层她妹妹的房间，她的房间在二层。

房间很大，因而显得特别空旷安静，其实是很适合睡觉的，只是我认床认得厉害，或者是因为心里有事，辗转反侧，被一些奇怪的梦魇缠绕，然后睁眼到天亮。

我洗了个热水澡，假装自己睡足了。潜意识的力量无穷，让我精神奕奕。

跟我不同，大家似乎都没有吃早餐的习惯。

这里的习惯是坐下来就泡茶。先拿开水洗一遍茶叶，再洗茶具，然后用第一遍茶水冲一遍茶具，第二遍才开始喝。倒茶的时候一定要按紧茶碗的盖子垂直倒下，不然很容易烫到手。有的时候那些细小精致的骨瓷杯子被泡茶人用镊子传来传去。或许还有水温、时间、手法等多种讲究，我只了解到一些皮毛。

好的茶叶泡出的香气能清爽人心，我虽然不懂得品，却非常喜欢闻。

今天喝茶是在高大头家，这也是我第一次去大头家，和大家一起去看望他刚出院的妈妈。

大头家和瑞萍家很像，也是好几层，空荡荡的。

我在想，是不是这里的人都住这样的房子？一家人，也许一天都碰不到对方，吃饭的时候也不用等家人聚齐了、大家都坐下了才开饭。他们的家通常是由保姆把饭做好，摆在桌上，谁饿了去吃就好。

我发现这跟我的生活是很不相同的。在我家，是妈妈做饭，我会在厨房帮忙，或者只是站在那儿陪她聊聊天。我们一起做好饭，拿碗筷、端菜、盛饭，再叫爸爸过来吃。如果那个时候爸爸不在家，妈妈会叫我打电话催他快点回来，会告诉爸爸我们等他。吃饭的时候我们一家人会肆无忌惮地说笑、斗嘴，我有的时候帮老妈，有的时候帮老爸，最后还会把我吃不下的菜全塞给他们。似乎这样吃饭我更习惯，或者说，更喜欢。

喝茶的时候我们看台湾大选。从厦门到晋江，似乎人人都在讨论马英九，而我从来不关心政事。我皱眉盯了电视半天，完全听不懂电视里在讨论些什么。旁边的人都在说闽南语，也是我无法逾越的障碍，所以我只好发呆，反正我有那么多乱七八糟的事在心里，一件一件拿出来慢慢想。

大头大概发现我闷在一边，递过来一杯热茶，对我说："杨大小姐！你这样子会被大家冷落的！"

我勉强笑笑，看看周围的人，不知道我可以做出什么改变。

我看着大头、猪少、Joe、阿平、大雄，还有今天第一次见面的良生和钱筒。除了瑞萍和阿毛没来，大家都到齐了。我看着大家聊天，却听不懂他们在说什么。

过了一会儿，大雄在一旁的沙发上睡着了。

我闷闷的状态直到在元品咖啡馆玩杀人游戏的时候才终于打破了。

为了一起玩杀人游戏，大家迁就我一个，开始讲普通话。

去年十月底我来厦门玩的时候在西堤的Cooper咖啡馆教会大家玩杀人游戏，没想到大家就此上瘾，中毒不浅，接着又教会了其他人。我应该算是大家直接的或者间接的师父，而我发现我的学生们都很聪明，他们会伪装、分析、推理，杀人游戏也因为具备这些精髓才会有意思。

今晚大雄可能是第一次不只是当法官，当他提出让我做法官的时候，我着实有点惊讶。之前因为讨厌警察和杀手的身份，大雄一直都拒绝参与进来，顶多做个为游戏的人们服务的法官。

可能今晚他心情不错，我想。

其实我倒是挺喜欢做法官的，虽然记住游戏规则和大家的身份有些费神，却能看到大家因为个性的不同上演各式各样的戏码。明明是杀手的，却处心积虑地想要把矛头引向其他人；明明是警察的，验出了杀手又怕太肯定的语气暴露身份，然后努力编造为什么指认某人是杀手的理由。

像Joe，他表现得十分冷静，深知言多必失的原则，总是很少说话，不管他拿到什么身份，都少有人把怀疑的眼光投到他的身上。

像猪少，他总是按捺不住激动，不管是自己发言还是听别人的发言，都会配上肢体语言，时不时还冒出几句脏话来强调自己言语的真实性。

像阿平，总是最容易暴露身份的一个，且不说他拿到的是警察还是杀手的身份，只要不是拿到平民那张牌，他都会不自觉地嘴角向上牵动，可能在为这轮自己不会玩得比较平淡而暗自高兴，却没想到自己的马脚已经被旁人看在眼里。

像大头，他作推理分析时语速极慢，总会把大家挨个细说一遍，例如“时敏一如既往的冷静”“洪烧猪一如既往的激动”之类的，说完却不表明自己的观点指认到底谁是杀手，一箩筐废话后再加上一句轻飘飘的“说完了，过”，真的会被他气死。

还有我刚刚认识的钱筒和良生。

钱筒很少说话，他坐在角落里，分析的时候惜字如金，每局结束后才会激烈讨论，说诸如“刚才我就觉得是这样……”之类的马后炮。

良生是个不错的玩杀人游戏的同伴，胜在演技。他总是将自己的身份伪装得模模糊糊，也不怕多推理露出破绽。有的时候他编造的理由和证据也充满条理性和说服力。好几次游戏结束谜底揭晓，才知道我们又被他骗得昏天黑地。

就这样到了深夜，大家玩得很兴奋，一点儿睡意也没有。

大家的精神头儿都很足，开始叫东西吃，我要了一杯热拿铁咖啡，没想到咖啡上挤了一圈奶油，还撒上了彩色的细糖条，甜腻腻的，很不喜欢。大雄拿起一小块蘸了花生酱的吐司递给我，我开心地笑笑，望着他，这让我想起在北京的万达电影院里他递给我的爆米花。

这一夜，我睡得好些了，但也不算太安稳。这两个晚上，瑞萍妹妹的房间让我有了阴影。后来的事实也证明，在晋江，我最不开心的几个晚上，都是在这里睡的。说来也奇怪，整个晋江，我最熟悉、最依赖的地方就是瑞萍家，最恐惧、最排斥的地方却是瑞萍家的三层——她妹妹的房间。

可不管怎样，我有了回家的感觉。

瑞萍在她家给我准备了专门的睡衣、拖鞋、牙刷，从我睡觉、起床、喝咖啡到一个人的时候有没有事情可做、会不会觉得无聊，这个小小的女人都会照顾到。我在心里感叹，瑞萍并没有三头六臂，她却有她的过人之处。

周末快要结束的时候，大家聚在九龙港茶餐厅吃午饭，然后钱筒顺便送我回厦门。路上我收到瑞萍的短信，她叫我有空经常去，把那里当家。她说："你有空就来吧，床多睡几次就不会认得那么厉害了。"

我心中有暖意。

我想，对于人缘这件事，我总是幸运了点。

我在福建也有家可回了，真是莫大的安慰。那一份对他们的依赖感，变得十分浓重。

回到厦门，我开始收拾屋子，准备第二天上班要穿的衣服，看着满墙熟悉的老照片，我默默地叹气。我打开电脑，选了欢快的音乐来听。

手机响了，竟然是大雄的短信，他似乎猜到我放在心里的事，他说之前的一切他不解释了，以后不会这样了，大家会保持联系的。

我必须承认自己开心了很多。

我总是以为自己够洒脱，像自己吹嘘的那样独立坚强，把一切都看得云淡风轻。万没想到其实自己只是凡人一个。

没有凡人是可以在生活中做个快乐的孤单者的。

six
我一直都知道，我和你是个小概率事件 :: 06

到厦门的第二十八天，我大学时代的闺密——星来厦门旅游。

这是近一个月来最让我开心的事。

也许是心情大好，也许是有她在我身边陪伴，我那一向无畏的勇气竟然被莫名鼓励，在她出现的这几天到达了顶峰。

星在来厦门的前一天问我：“宝贝，你想见到我什么样？想我怎样出现在你面前？”

我没好气地回答：“落落大方吧。”

在机场接到星的那一刻，我们抱了又抱，亲了又亲。然后我打电话给Joe、大头、阿平、大雄，他们说这两天会抽空来厦门一起玩。我酸溜溜地对星说：“还是你面子大呢，这些人平时都没来看我，你一来，他们就全要过来了，多过分啊。”

两个臭味相投的女人，行程是丰富又精彩的。

我们喜欢的东西相似，在星来之前我制定了线路，把我去过觉得不错的地方，还有攒着等她来了要一起去的地方全列了出来，吃喝玩乐，应有尽有。

她对我列出的一系列厦门小吃的名字问个没完，其余的却看也不看。我说：“星啊，你旅游是幌子，散心是借口，看我是扯淡，吃才是王道。”这女人不知道从什么时候开始把“胃动力”当成了旅游时的必备良药。

我和星沿着环岛路疯狂地骑着双人自行车。

我骄傲地看着我们的双人自行车超越了环岛路上所有载女朋友的男人们，然后我得意地站在车后座上尖叫，声音覆盖了所有缩在男朋友背后的女人们。

我们在黄厝的海边看日落，海上的日落原来真的像人们说的那样，像个红心咸蛋黄。

落日的余晖洒下来，渗进我心底，变成满足感。我想，其实这样的生活已经很好了，我又为什么非要有个男朋友？我现在生活在我喜欢的城市里，这里有我在乎的朋友，我正过着自己想要过的生活。

难道还不够？

这样明确的快乐，让我豁然开朗。

电光石火间，我萌发了勇敢的决定，我想告诉大雄，我喜欢他。

我并不要求有回应，也许他早就明白我的心意，但我就是想说，想亲口对他说。

我的心底有个声音在说：“想做的事情，就去做吧。”

我又一次放纵了自己的不理智。

但在那时，我眼中所谓的结果哪比得上过程重要？

我想，我已经活得很精彩了，结果也不过是锦上添花的事，并非必需。我享受的，也许只是过程。当回忆起过往，自己不后悔，不留遗憾。

说吧。对大雄说出喜欢。我只需等待一个好的时机。

两个女人的旅程结束后，阿平来鼓浪屿找我们，我们在花时间cafe的旧式婚床上喝咖啡、看书。深夜我们坐轮渡回了厦门市区，我带他们去吃老二市的土笋冻。第二天我们在厦大白城的海边集合，然后去乌糖吃沙茶面，接着去南普陀拜佛，最后逛美丽的厦大。累的时候，我们在顶澳仔路的黑糖小坐，星点了冰美式咖啡，我点了热卡布奇诺。阿平脱离群众，点了个海鲜焗饭来吃。

晚一点儿的时候，阿平有事先回去了，大雄他们也出现了。

大雄开车，良生坐在副驾，Joe陪我们坐在后面。

大家一路上说说笑笑，男人们带我们去海边的餐厅吃海鲜。

我又看到些生面孔：国清、阿坏、阿志还有小涂。

这样的场合，让我多少有点不自在，小声跟星说话似乎不太礼貌，认真听大家讲闽南话也听不懂。难为了良生一直在活跃气氛，我也尽量配合。大雄没有上次见面时那么沉默了，他大声讲话，放松地笑，偶尔还会给我和星夹菜。

大家都在找话题。

陌生的两个城市的人，话题可能更容易从地理位置上发起。

国清问我和星：“你们都是北京人？”

我回道：“都不是。”

大雄突然插了一句：“她们一个是重庆的，一个是沈阳的，你猜猜看。”

国清认真看了我们好久，然后指着我说：“你是重庆的。”又指向星说："你是沈阳的。"

我拍拍手假装特别高兴地说："答对了！你真聪明！"

国清很得意，刚想多赞扬几句自己的智商，不料我说："其实我是武汉的，她是长春的。"

大家哈哈地笑了起来，大雄笑得尤为开心。

吃完饭，我们去了海湾公园的Honey酒吧。

在今晚之前，我还没有发现厦门有海湾公园这么惊艳的地方。从车上远远望过去，我看见金黄色的灯光下，两排棕榈树轻轻摇曳着。公园的一旁是静谧的篔筜湖，另一旁是开阔的海，海平面上架着灯火璀璨的海沧大桥。

Honey酒吧是个慢摇吧。来到这里我才发现，原来厦门并非像我想的那样没有夜生活，没有火辣的酒吧，只是我不知道而已。

良生带着大家玩石头剪刀布，叫了彩色的试管装的鸡尾酒来喝。

星这没出息的女人，很快就醉了。

我一直被自己心中勇敢的念头缠绕，时而看看大雄，犹豫不定，也就再分不出半点心思去照顾她。

终于，凌晨的时候大雄走过来对我说："时敏，我出去透透气。"然后他起身，走了出去。

我愣了一下，看他离开的背影。

然后回过神来，掏出手机发短信给他："你在哪儿？我去找你。"

大雄就在门口等我。

我披着外套走在灯光迷离的空地上，旁边的男人让我感觉像在做梦。

四月的厦门，夜凉如水。

我们去大雄车里坐着，有一句没一句地聊天。大多数时候，都是他在说话，我静静听着，然后微笑。他说他家里的事，工作的事，朋友的事。从北京的圣诞节到现在，几个月以来，他第一次这样跟我聊天。我说我来厦门做过的事，想做的事，还没有做的事，我故意过滤掉了不快乐的过程。

我不知道我们聊了多久。

大雄把座椅后背调直，躺下去，闭上眼睛说："我喝了酒，有点困。"

我从车窗望出去，什么也看不到，只有深夜的黑，还有停车场的灯光。

我突然转过头，推推大雄说："喂，醒醒，醒醒，我有话跟你说。"

"嗯？"他一脸错愕。

我深吸一口气，说："猜猜我来厦门最想做的是什么，你应该猜得到。"

大雄看着我，我迎上了他的目光，再也不想逃避。

他想了想，试探着说："见我？"

我呵呵地笑着说："不是。"

"那是什么？"他有些疑惑地问道。

我又深深地吸一口气，眼光飘到别的地方，一个字一个字地讲："是想跟你说，我喜欢你。"

整个世界好像都静下来了。

我能听见自己的心跳。

“可能你早就知道，但我还是想亲口告诉你。不要求你也喜欢我，我只想说这句话。”

我继续说。

彼时的一秒钟，也是漫长的。

天知道，生平第一次我放下了那所谓的矜持，任凭自己的真实情感暴露无遗。

“你今天跟我说这个，我真的有点错愕。”大雄终于开口说话了，“不过我听了挺高兴的。真的挺高兴的。”

然后他很开心地笑了。

我也跟着笑。

傻傻的。

一时间，我心中仿佛放下了很多东西，轻松无比。曾经我很想问的那许多“为什么”；曾经我自己不停地揣测和猜忌；曾经我的彷徨和失落，都在那一瞬间，灰飞烟灭。

我知道，我做对了。

“我也知道我和你是个小概率事件。”停了很久，我补充道。

而此刻他竟然拍拍我的头，说：“一起努力吧。”

我还来不及想这句话代表的含义，手机就响了，酒吧要散场了，他们出来找我们。大雄踩了一脚油门，发动车开过去，和大家会合。我看见一群人晃晃悠悠的笑脸，似乎不怀好意。

醉了的星凑过来，吐着酒气说：“宝贝，What happened（发生了什么事）？”

我哈哈笑着说：“没事。”

“那你还这么高兴？”

“我！乐！意！”

离开的时候车少人多，星和阿坏被搞笑地塞到了大雄车的后备箱里。

良生仍然坐在副驾，我坐在后排。

大雄开了车窗，把音乐调到最大。

车一发动，阵阵尾气味扑面而来，星疯了一样尖叫，大声问阿坏："你知道北京什么样吗？"

阿坏也配合她大声吼道："不知道！"

星指着浓浓的烟雾叫："就是这样！"

已经是凌晨四点，厦门的街道很安静。大雄的车几乎是在飞，后备箱里星和阿坏的叫声此起彼伏没有停止过。

我想我们大概都疯了。

但有什么能比得上我那颗欢欣雀跃的心？

我看着这个驾车的男人的背影，对自己说："你很好，你做了最勇敢的事。"

事后我想，是不是因为这几天我陪着星到处玩，因为睡眠太少才让我变傻，才让我如此勇敢如此莽撞？

不知道。彼时我的快乐像新鲜的啤酒泡沫，不断地发酵、膨胀。

我对自己说："管他呢。遗憾是什么模样？跟我从来都不熟。"

seven
07 :: 春风沉醉的夜晚

在厦门的第三十五天。

前埔小区门口卖早餐的阿姨已经认识我了，有时候会特意给我留一块我爱吃的马拉糕和一袋无糖的纯豆浆。

每天晚餐后我会跟真真去厦大一条街逛逛，去中山路或者就近的瑞景商业城。虽然我经常嫌她话多，但是姑且当成难得的热闹。我和男人生活在同一套房子里仍然觉得不方便，但是关上房间的门，我躲在自己的空间里也能欣然接受了。

一切，都已经习惯。除了偶尔，难免冒出来些许孤单。

转眼迎来了来厦门后的第一个假期——清明节。清明节放三天假，本来我计划去广州找朋友玩，但临近放假的时候我突然想家了，于是就顺理成章地回了晋江。

清明是闽南地区除春节外最重要的节日。这里有句俗语翻译成普通话大概的意思是：春节不在场被视为无亲，清明不在场则被视为无祖。所以，猪少自然也从深圳回到了晋江。

跟上一次来晋江相比，我活泼了许多，或许跟心情有关，也多亏Joe的一句话："你不要老把自己当客人看，这样搞得我们也很拘谨。如果听不懂闽南话，就让说话的人用普通话再说一遍！"

于是我开始积极主动地和大家交流，想和大家融在一起。这次来晋江，在Joe公司里，我连着讲了两个小时的冷笑话，把良生、猪少和Joe逗得乐不可支。

我也很高兴。

晚上猪少请大家在荣誉酒店吃饭，庆祝他拿到第一个月的工资。

大家陆陆续续都来了，阿平、阿毛、瑞萍、黑猪还有猪少几个儿时的朋友。

当然也包括晚到的大头和大雄。

听说大雄病了，他进门的时候我确实看到他的脸通红，憔悴得很。他默默坐下，对我点点头，这是他一贯打招呼的方式。

大家仍然聊些我听不懂的，我埋头吃东西，并不觉得被冷落，似乎对这样的相处模式也已经习惯了。猪少时不时跑过来给我夹菜，说："好东西当然要多给时敏一点儿。"我感激地看着他，这段时间让我知道谁的关心真切，谁的只是敷衍。

猪少应该是这段时间里除了妈妈以外打电话给我最多的人吧。那是像家人一样的宠爱，我明白。

吃到半饱的时候，大家开始玩游戏喝酒，大雄不知道什么时候离桌了，不知去向。

过了一会儿我手机响了，一看，竟然是坐在离我不远的Joe发来的短信，他说大雄在门外大厅里休息，好像很不舒服，让我去看看他。

于是我走出去，正好看到大雄坐在大厅沙发上抽烟。

我在他旁边的沙发坐下，问：“你不舒服啊？”

“嗯，刚打完吊瓶。”

“我看你也没怎么吃东西。”

“本来今天不想来的，晚上还有别的事情。”

“那你还是早点回去吧。”

“嗯，我等下就走，看大头要不要跟我一起走，不过我估计他会留下来。嗯……”他顿了顿，“还有，明天我送你回厦门吧。”他看着我，继续说，“让你的幸运保持下去。”

“你这样……行吗？”我疑惑地看着蔫蔫的他。

“睡一觉应该就没什么问题了。就这样定了哦，明天我送你回去。”

我知道彼时我脸上的笑容出卖了我。

大雄走后，我们去了欢唱KTV，猪少说这是福建的钱柜。

而大头真如大雄所估计的那样留了下来。

一大堆人在一起，是没法好好唱歌的，于是我也加入了玩游戏喝啤酒的行列。

良生会玩的东西实在太多，今天我从他那里学会的是扑克牌的另一种玩法：抽出十张牌，从一到十，由发牌的人自行打乱顺序，只保留一张牌让其牌面数字和出牌次序一致。然后发牌人一边大声报数，一边把牌一张一张地翻在桌面上，当发到这张事先设定好的牌时，所有人都要第一时间把手压在牌上，最后一个压上去的算输。

刚开始我发牌。为了带动气氛，很快我的嗓子便哑了。

阿平还嫌不够刺激，一直不停地教导我："席（时）敏啊，你要注意席（时）快席（时）慢，要变化！"

结果，这要变化的人输得最惨。

大头也有点醉了。

他摇摇晃晃地走到我身边跟我说："你看我现在的样子是不是很傻？"

我呵呵笑，不回答。

没想到他忽然说："时敏啊，如果哪天，你觉得在厦门撑不住了，打电话给我。不用说别的，只要你说'大头，你几点几点出现在哪里'，我一定到，就算是晚上十二点多。万一十二点多真的到不了，我第二天早上六点以前一定赶到。"

一时间，我泪盈于睫。

他继续说："我是个想法比较悲观的人，从很多现象似乎可以看到那个结果。不过你一定要答应我，如果真有那个时候，你一定不要忍着，不要浪费我给的这个机会。"

我知道他指的是什么。我不住地点头，泪眼婆娑。

何德何能，让我得到如此偏爱？

猪少问我："你搬来福建生活，有了这一帮人，也够了哦？"

我说："相当满足。"

黑猪说我像是所有人的妹妹，理应得到大家的疼爱。

真有点受宠若惊。

说不好是什么把我们拉近。关于距离，我始终相信，几天大于几年。

很多人问过我为什么来厦门，彼时我想，原因我已经知道了吧。

下半场的时候，我跟着这些会玩的男人们见识到了猪少心目中福建最好的慢摇吧——L-seven万国会。

瑞萍说因为我她第一次跟着他们来这种地方，我也很好奇这到底是怎样的一个酒吧。

的确，这里跟我去过的酒吧是不太一样的。

L-seven很小，除了沿着后墙一圈高台的沙发座，台下的人们似乎都挤在了一起。想必觉得它特殊也是因为它胜在人气。

我们等了好一会儿才有位置，我跟在猪少他们的后面走进去，只觉得这儿的音乐声震耳欲聋，比一般的酒吧高出好几十个分贝。迷幻的灯光，暧昧的彩色烟雾，让酒吧里每一个人的脸都模糊起来。

起初我安静地坐着，看喝多了的男人们像孩子一样摇头晃脑地开心跳舞。

后来我被大家拉起来，跟大家排成排一起跳。我笨手笨脚的，不知如何是好。

这个酒吧的DJ是有点意思的，穿着T恤，戴着眼镜和鸭舌帽，嘻哈得很。他拿着一瓶啤酒猛灌自己，一边一脸享受地打碟，还抽空隔着人群和良生玩石头剪刀布。若是良生赢了，他会兴奋地转过来跟我击掌。

以前我有点排斥像L-seven这样喧闹的地方，觉得乌烟瘴气，嘈杂不堪。而今天晚上，我跟大家一起，只觉得开心。

我想，没有什么是不能被接受的，关键是看这些是谁给你的。

那天晚上我忘了几点才回到家，只记得一觉醒来，已经是中午了。

我匆匆洗澡，换衣，打扮。

大雄来了。

过了一个晚上，他精神仿佛好了些，但仍怕送我的路上出状况，于是叫了Joe陪他一起送我回厦门。

“几年前，送你和你姐姐去日月谷温泉开的就是我爸的这辆车。”大雄眼睛看着前方，对我说。

“嗯，我记得。”

我甚至还记得当时车里放着孙燕姿的《完美的一天》，我说我喜欢这首歌，大雄按了好几次重播。

时间真快，那竟然已经是四年前。

当时是冬天，刚过完春节，我和姐姐跟着家人第一次来厦门旅游。是一些有头有脸的叔叔阿姨们接待我们的，我们住在亚洲海湾的度假别墅，平日里吃饭都在高档场所。可两个小孩并不领情——我和姐姐自认为过了无趣至极的几日。终于在安排去看火山的那天单独行动，我们跑到了石狮，和大雄、猪少他们疯了一个晚上。第二天，大雄开着他爸爸的车，送我们去杏林的日月谷温泉和家人会合。

我们说的就是当时的事。

时间过得真快。一个四年，又消失了。

然而记忆却那么清晰，我甚至还记得当时听过的歌。

亦舒曾说，女孩子就是这点古怪，她们记忆力太过惊人，一生中所有的琐事均永志脑海，一有风吹草动，便拿出来回忆一番。

真的如此。

一有风吹草动，马上就是一场波澜壮阔。

我真是这样恼人的女孩子。

大雄开车永远是风驰电掣，我们很快就到了厦门。

他和Joe来我宿舍小坐，我没有什么可招待的，便烧了点水倒给他们喝。

我说Joe和阿平是头两个来我宿舍的男人，大雄你是第三个。

大雄笑笑，去看我贴在墙上的东西。

他们对着我满墙的照片一一辨认，看我墙上的字，画的画，还有贴在柜子上的明信片。

然后聊高中时候的趣事给我听。

午后的阳光从窗户里洒下来，屋里的三个人笑成一团。

我万没想到在跟这个男人表白完以后反而能更轻松地相处。也许，我早该这么做的。

我看着大雄眼睛里的亮光，Joe在一旁温暖地微笑。我的宿舍里似乎弥漫着某种香甜的气息，让人沉醉。

又过了一会儿，他们离开了。

茶几上剩下大雄和Joe用过的纸杯。

客厅的垃圾筐里还有大雄留下的烟蒂。

我忍不住轻轻叹了一口气。

傍晚的时候我忽然接到一个大学同学的短信，她趁着假期从深圳来厦门旅游，知道了我来厦门的消息，想约我见一面。

于是我应约出去，带她去西堤的咖啡馆坐着聊天，看夜色下的筼筜湖畔的人垂钓。

我们选的那家咖啡馆叫厚海，让我想到北京的后海酒吧街。我自嘲地笑笑，我们这两个曾经在北京又离开北京的人。

三层露台的风有点凉，有蓝紫色的细小灯泡缠着露台栏杆。

我点了一杯香草卡布，然后发短信给大雄说：“下次，我想你跟我来西堤坐坐。”

eight
08 :: 不是想得到，只是怕错过

二〇〇八年四月十三日是我生命中一个重要的日子。

后来因为这天的事情，Joe给我取了个外号叫洋葱，其实是杨冲，意思是说杨大小姐很冲动。

如今想想，杨大小姐那可爱的小冲动在这一天算达到了顶峰。

这周的工作日快要结束的时候，我在西堤的咖啡馆里发出的邀请终于得到了回应。大雄发短信来说："这个周末想来厦门找你，别忘了你还欠我一杯咖啡呢。"

Surprise!

在收到短信的那一刻，我便忍不住开始期待。

该穿什么样的衣服？梳什么样的发型？说什么样的话？我又陷入种种可笑的自我幻想中，仿若小女生一般。

期待让时间过得更快，周末转眼到了。大雄说他周六晚上会来厦门。

周六的上午厦门下了一场大雨。

我和真真被公司派出去参加漳州的看房活动，我们坐船从厦门港到漳州港。

大雨倾盆，翻滚的海浪猛烈地拍打着船舱的窗户，我们在船舱里摇晃，很多人开始喝晕船药抹清凉油。这是我第一次在雨中乘船，觉得新鲜无比，亢奋地忘记了自己的身体。

到了漳州，雨还没停。我一直惦记着晚上的约会，参加公司的活动也心不在焉，下午打高尔夫球的时候我偷偷溜走了，自己去码头坐了船先回来。

回来的路上我发短信问大雄："你大概几点到呢？"

没想到大雄说："正想跟你说，车坏了……可能今天去不了了。"

我的心情一下子跌到谷底。

之前那美好的小期待，瞬间变成了肥皂泡，全碎了。

但是我仍然装作无所谓地回道："那也没办法了，呵呵，我晚上自己去逛逛好了。"

我没精打采地回到家，收拾了一下房间，准备去南华路的咖啡馆消磨一个人的周末时光。

瞥见镜子里的自己时，才发现今天打扮得真的很漂亮。

于是我掏出手机发了短信给大雄："如果我晚上去石狮，你有空见我吗？"

我在心里偷偷想，今天我煞费苦心打扮得这么好看，不见大雄太可惜了。

大雄很快回了，说："有空是有空，但是没有车……就好像没有了手脚，很不方便。"

我似乎是下定了决心，继续说："你只要告诉我有没有空就好。"

大雄说："八点以后都有时间……你来吧，我明天开车送你回厦门。我去帮你开一间房……这样满意吗？"

我很满意。

五分钟后，有个疯狂的小妞塞上mp3的耳机，哼着轻快的歌，屁颠屁颠地出门了。

已经是傍晚了，雨仍然没停。这是我第一次来厦门的松柏长途汽车站，没想到不是去晋江，而是去石狮。

我掩不住满脸笑意，怕是身边的乘客都以为遇上了精神不太正常的出行者。

大巴上播放着电影，我也没有什么心思看。我在靠窗的座位上看雨珠顺着窗户一颗一颗滑落，划出弯弯曲曲的痕迹。

我发短信给Joe和瑞萍："嘘，我现在在去石狮的长途汽车上，哈哈！"似乎每一个字都裹着兴高采烈的糖衣。

我觉得自己真的可爱无比。

Joe却来教育我，说："杨大小姐，拜托你有点女人的矜持好不好？！"

我回道："呸！"

我对Joe说："我就是这样真诚无比、纯洁无瑕。怎样？"

大巴很快就到了石狮。雨小了些。

我下车后打电话给大雄。

一辆车突然冲过来，又紧急刹车停在我身旁，路边的积水被激起水花。我知道，那肯定是大雄。

听发动机的声音我便知道是这个男人在开车。

果然是大雄。推开车门，我看见他新剪的头发，止不住傻笑。

大雄指给我看他车坏了的地方，说："知道你要来，我就叫他们先不要修了。"

我依然傻笑，听他说话。

"下雨天……该去哪里好呢？"大雄开着车在石狮的街头转来转去，一路给我做简单的介绍，告诉我这条路是石狮可以买衣服的商业街，那条街是好吃的东西比较多的地方。

"对了，带你去个地方。"他突然加速，离开了霓虹热闹的街道。

似乎是穿过了几条黑黑的公路，忽然之间，远方一片连成串的灯光没有预兆地闯入我的视线。

我看见一片被雨夜笼罩的海。

大雄将车停下来。车窗外，仍然飘着小雨。

"这是我常来的海边，叫衙口海，今天是我第一次带女孩子来。"大雄对我说，他对这片海有一种特殊的感情，他每过两天都会开车来这里转转，待上一会儿。但是每次都是他自己一个人来，他说他不喜欢很多人一起来海边。

"在海边时间过得很快。我在厦门的时候也一个人去海边，这样就不觉得自己是一个人。"我想起我在曾厝垵、在海韵台、在白城的那些海边时光，是的，大海让一个人的心变得不寂寞。

雨又小了些，我们穿了外套，下车出来。

海边的风很大，伴随冰凉的雨点，让我忍不住缩成一团，心里却有暖意在慢慢散开。

想必沙滩此刻应是湿漉漉的一片，我们挑干一点的地方四处走了走。一阵风吹来，我打了个哆嗦。大雄搂着我的肩膀，说：“我们还是回车里去吧，小心感冒了。”

雨下得更大了。

雨刷在车窗上左右摇摆，我的视线从模糊到清晰，再到模糊。

我忽然想起了什么，说：“你说如果我真的来了厦门，你要送我一个礼物的。礼物呢？忘记了吧？”

那是去年的圣诞节，我在北京机场送他和大头走的时候，大雄对我说：“如果你真的去了厦门，我要送你个礼物。”

为了那个礼物，我倔强地来了。

“没忘！怎么可能忘！”大雄认真地看着我，“本来想送你这个戒指的，只是我再去买的时候已经没有小号了。”大雄指着他手上那枚小小的戒指，那也是我在送他们去机场的路上，曾一直套在自己手指上把玩的他的戒指。

“不过我有别的东西送给你。”他从自己手腕上摘下来一根红绳，“这是从西藏带回来的，买不到，也许比戒指更好。来，把手给我。”

我听话地伸出右手。他把红绳套在我右手手腕上。

这根红绳圈太宽，戴在我手腕上空荡荡的，一直往下掉。

“嗯，我来想个办法。”他揪起多余的长度打了个结，又怕不牢固，把打结的一头用牙齿咬住，拉紧。

他的嘴唇就这样碰到了我的右手，那一刻，我感觉到他的呼吸，温热而轻柔。

这是我们第一次的亲密接触。

算算，我认识这个男人，快六年了。

还不曾牵手。

这种单纯的喜欢，反而更惹人珍惜。

我摸着手腕上的红绳，听见那噼啪的雨声像清脆欢快的鼓点，奏着奇妙的乐章。我似乎看见周围聚集了长着翅膀的白色精灵，它们围着我随音乐舞动，扇动着轻薄的羽翼，抖落细软的金色粉末，让一切美好起来。

晚一点的时候，大雄送我去酒店。

进了房间，我看见桌上两套漂亮的白色咖啡杯和两包速溶的雀巢。大雄说："时敏，去烧开水。没去成厦门，我们在这里喝个咖啡。"

他靠在茶几旁边的沙发上，我坐在电脑前面，我们继续聊天。

不知道怎么会聊到关于婚姻的看法，意外的是他的想法竟然跟我一样。

我说如果我找不到自己很喜欢的人，或者找到很喜欢的人但是不能在一起，那么我宁愿不结婚。大雄说他也一样。

那时我认为，生活中如果有更值得向往的事情，也不一定非要结婚。

而眼前的男人，把我的将来和他联系在一起有多困难，但是我仍然阻止不了自己期待的一切都和他有关。

我常常不知道自己的勇气来自哪里，更不知道自己为了什么而执著。

也许只是尊重自己的内心，我想。

如果爱就可以做到不问结局，不管胜负，不论代价，不怕受伤害。

期待我要的爱，就像吃一捧初夏的樱桃，尝到些甜头所以不顾酸涩。若是运气不佳，未成熟的果实占了绝大多数，我想我仍会继续去尝，因为我知道什么是甜，并且过于深刻。

那么我的执著和冲动，只是因为害怕错过。

夜深了。

夜把窗外的景色都变得熟悉。

茶几上的烟灰缸里堆满了黄色的烟蒂，它们像花一样盛开着。

大雄回家了，他说明天再来找我。

我躺在松软的大床上，把右手手腕上的红绳转来转去。

我在睡前收到大雄的短信，他说："问你个问题，就像刚才跟你说的，做事情的时候，你执著于结果还是更享受过程？"

我说："要是真能想到结果，也许我就不会这么冲动了。"

他说："嗯……知道了。早点休息，想些可以让自己睡得着的事……说真的，我也睡不着……"

此时是四月十三日的凌晨，我有点恍惚。我告诉自己这是石狮的晚上。

我迷迷糊糊睡到天亮。

在酒店大堂吃过早餐后，我回到房间里。开了电视的音乐台，上网看小说，等大雄来找我。

门铃响，我开门，看见大雄一脸腼腆地站在门外，他冲着我嘿嘿傻笑。

我让他进来，然后我们一起坐在床上看电视。

其实我是很少看电视的，除非是有人陪着一起看。

他调到电影台，放着港片，又是不变的黑道主题，不知道什么时候会被人们看腻。

快到退房时间了。

我起身收拾了下东西，准备回厦门，这刚刚过去的梦幻般的一夜啊，在我心里似乎比正播放着的电影更有戏剧性。

这时大雄突然说：“前两天东岳问我一个问题。”

“哦？什么问题？”我继续收着东西，并没有在意。

“她问我到底喜不喜欢你。”

半空中像有什么炸开了。

世界在那一刻变得静止无声。

我愣住了。

“想知道吗？”他问。

“不不不，不想知道！”我连忙摇头，是怕他说出我不想听到的答案，“你不要说啊，千万不要说。”

“但是我想告诉你。”他看着我。

我轻易地就妥协了，说：“那好吧。”

“但是怎么说呢？你猜一下吧，答案是六个字。”

“我猜？！先生，这怎么猜啊……”

“那我写下来吧。这样吧，我写几个选项给你猜。”

我把自己随身带着的日记本和笔递给他。

他找了一张空白页开始写。

“早知道不告诉你是六个字了，我还要编几个假的答案，还都要是六个字……”

我哈哈大笑。

过了好一会儿，他把日记本还给我，然后走到窗前，背对着我。

我看到纸上写着：

A. 喜欢当然喜欢

B. 努力有待努力

C. 用时间来验证

D. 我也在考虑中

E. 我也很想喜欢

每一个选项都让我的心微微颤抖。

我想了很久，然后小心翼翼地说："我选B，是吗？"

大雄转过身，说："不对。再给你一次机会。你不要想那么多啦，凭直觉去猜就好。"

"那我就选A！"我一咬牙，我想，死就死吧！

"嗯……对。"

我抬起头望着大雄。

他也望着我。

我看到他眼里的温柔。

那一刻，我居然想哭。

过了很久，我才回过神来，才发现自己在乱说些什么。我说大雄如果你跟我一样是个普通家庭的孩子多好，这样我明天就可以带你回武汉跟我老爸老妈说这是我想嫁的人。我还说你知道吗我还没跟家人说过我喜欢谁呢你是第一个啊，但是我也知道你跟我是不一样的啊，所以我不能带你回家啊……我滔滔不绝地说着。

我不停地说话，他低头微笑。

然后他走近我，说："我们走吧，先去吃午饭，我要回家办点事，办完就来找你。"

我朝他的方向伸出我的手。

他牵过我的手，说："下次你不说，我也会主动亲你的。"

彼时我突然想起看过的一篇小说的名字，叫作《我花了一辈子的时间和你喝咖啡》。

我们认识快六年了。

我花了六年的时间，终于，被你牵着手。

大雄把我带到兰茜咖啡吃午餐，他让我在那里等他。我点了一杯花式咖啡和一份海鲜炒意粉，我还发了条长长的短信给这个男人。

"我不知道能在这里多久，我也不想知道将来的事。我只晓得或许我们两个的时间都不多，每个日子都值得怀念，要好好珍惜。我想认真地做一次你的女朋友，这次我绝对不会先跑掉，蔡同学你答应吗？跟你说你绝对赚到了。"

过了一会儿，他回我："当然答应，谢谢你也给我这个机会。"

窗外的天仍有些阴，因为下过雨，树叶显得格外的绿。我在室内坐着，却好像可以闻到外面清新的空气。

从咖啡馆的大落地窗望出去，我知道，我幻想过的童话上演了。

我突然想起半个月前，当飞机降落在厦门机场时我对自己说过的话，我说："厦门，我又回来了。幸福，我找到你了。"

Chapter 2

Beyond the Time Heart Calls

情歌没人听，我也唱得动情

nine
09 :: 寂寞也挥发着余香，原来情动就是这样

接下来的一个星期可能是我在厦门最开心的一个星期。

我在日记上写：恋爱了，真好。

尽管我仍是一个人在这个城市生活，却感觉不再孤单。我仍然做着和以前一样的事，却觉得一切都有了新的意思。

我买了最近很流行的不织布，花了几个晚上的时间缝制了一对小熊手机链。一个粉色，一个蓝色，熊的背后还特意绣上了我们的名字。我时不时把它们捧在手里看，喜欢得很。据说金牛座的女子陷入恋爱的标志是开始给对方亲手制作礼物，是的，我恋爱了，我要在这个周末把那只蓝色的小熊送给我的男朋友。

想到这里，我忍不住打电话给大头和猪少分享自己的喜悦，并不介意被他们嘲笑我的厚脸皮。

那段时间里，我走路的时候会笑，吃饭的时候会笑，如果半夜突然醒来，也不恼，还是笑。

真像歌里唱的那样“寂寞也挥发着余香，原来情动就是这样”。

彼时，我疯狂地爱上张国荣的那首《有心人》，只因为其中一

段歌词深深打动了我：

> 但愿我可以没成长
> 完全凭直觉觅对象
> 模糊地迷恋你一场
> 就当风雨下潮涨
> 这么多年过去了
> 我没有一丁点儿的成长

这个周六到的时候，Joe和瑞萍来厦门玩，大雄晚上也将从广州飞来厦门。

我给他们在南华路的国际青年旅舍订了房间，看着旅舍淹没在花草丛中幽静的院子里，院墙上可爱的涂鸦，我狠狠地想，下次我也要来这里住上一晚。

Joe、瑞萍和我在厦大旁边吃麻辣烫和烧仙草，这两样小吃在厦大一条街上很有名，店铺是老字号，每天的客人都络绎不绝，有的时候还需要跟人拼桌。

厦门的麻辣烫是几乎没有辣味儿的，蘸菜用的酱汁加了少许咖喱和沙茶的味道，鱼丸和鸡翅之类的肉菜都是先用油炸过，再放进锅里煮，跟单煮出来的相比，更加入味儿。

烧仙草是厦门的名小吃之一，有热、凉两种吃法。虽然是同一种东西，但吃法不同，味道迥异。做法也很简单，将仙草粉用凉水调好，煮开，然后凝成冻状，吃的时候根据个人的口味加牛奶、奶茶或者蜂蜜，再佐以红豆、花生、芋圆、椰果、苡仁等小料，甜甜的，女孩子都很喜欢。

吃完饭，我们在国青旅舍的小院子里找了个僻静的咖啡座下飞行棋。这原本是属于小孩们的把戏，因为瑞萍玩得认真而且杀气十足，我们三个大龄青年倒也玩得津津有味。

末了，我要了杯热芦荟茶来喝，听院子里乘凉的旅客们聊天。我们逗着脚边穿来穿去的猫，说说笑笑，看时间差不多了，于是出发去机场接大雄。

我们还是迟到了。

在去机场的路上我们看到一架飞机闪着亮眼的指示灯，低低地从上空划过，Joe开玩笑说："这不会就是大雄坐的那架吧？那我们赶不上了。"

没想到还真是。

飞机消失在视野里，一会儿便接到大雄的电话，他到了。

Joe加大马力奔过去，车开到机场前的草坪附近时，我看到大雄站在那里。

他过来开车门，又是腼腆地对我一笑。过了一会儿才开始跟我说话。

这个男人，似乎每次跟我见面都需要两分钟来预备演习才可以恢复到自然的状态。前两分钟的空气都是陌生的。

"听时敏说你身上就剩六块钱了？"Joe幸灾乐祸。

"是啊，前天晚上猪少和良生他们去广州找我，我请他们去苏河酒吧，不知道怎么搞的就把我的钱都花光了。"大雄笑。

"不然你把剩下的六块钱也给我吧，然后我们把你扔在这里，那更刺激，哈哈。"我说。

大雄拍了一下我的头，我撇撇嘴，吐吐舌头。

夜未央，周末的时光总觉得离睡觉尚早，我们去了西堤的咖伦比咖啡，连同来找我们的阿志和小涂。

我们坐在靠近路边的露天座里，一旁的筼筜湖在水岸灯光的映照下闪动着彩色的波光，隔壁的餐桌上有人在用不锈钢的刀叉，碰在一起时发出清脆的声响。

大家说着那些我没听过的趣事，诸如有一次瑞萍开车轻松地超过了阿志，又或者阿志有个不愿意被提起的外号。

我偷偷尝了一口大雄的芝士蛋糕。

我想，有什么比得过这种幸福的味道?

喝完咖啡，我们去了海湾公园的Me&You 2，国清也来了。

这个酒吧是个留着长发的北欧老头开的，调酒师是两个健壮高大的黑人。酒吧装修的风格很简单，清一色的原木质感，供乐队表演的舞台就是客人边上的空地，小得可怜。舞台上方的大屏幕不间断地播放着曾红极一时的英文歌曲。

这是个半露天的酒吧，因为靠着海，室内的座位少有人气。外国客人多半聚集在吧台，拿瓶啤酒半倚在高脚凳上，和老板热情地聊天。像我们这样的客人则喜欢离屏幕远一点的角落，既能看到海，也不会被嘈杂的音乐影响聊天。

在酒吧里玩，没有人点酒还是头一次。我和瑞萍要了奶茶，男人们点了绿茶。还是玩骰子，输了的人要喝光一整瓶绿茶再当场做几十个俯卧撑。啧啧，似乎比喝酒更恐怖。

男人们做俯卧撑做得气喘吁吁，我和瑞萍笑个不停，大家都挺开心。

隔壁桌的老外被我们的笑声吸引，也开始模仿我们做俯卧撑。

到夜更深时，这些疯狂的外国男人们居然脱掉了上衣和裤子，全身上下只剩一条三角裤，沿着海湾公园靠海的路狂奔。

还有尖锐清亮的口哨声。

大家一面盯着他们看，一面不停地感叹道："太香艳了！太香艳了！"

我笑到肚子痛。

离开海湾公园的时候，大雄牵着我的手沿着海边的木地板路慢慢走着。我小心翼翼地问他："晚上你就住我家吧？"

他说："好。"

我对他笑笑。

其实，我很紧张。

Joe和瑞萍送我们回家。

回来的路上出了点小插曲。大雄和Joe可能因为绿茶喝多了，半路上突然需要去厕所解燃眉之急，还好已经到了软件园附近，那里算是厦门的郊区，晚上荒凉无比。Joe把车停了下来，他们去找偏僻处解决问题。

这时瑞萍从副驾爬到司机的位置上，突然发动车，转过来坏笑着说："我们把车开走吧！"

两个受惊的男人听到发动机的声音连忙跑回来，也不知道裤子穿好了没有。

Joe喊道："你们太狠了。"

大雄说："我真的只有六块钱呢。"

瑞萍笑个不停。

不识路的我带着大家在软件园附近兜圈子，一路辗转，好不容易才找到我家。

这是大雄第二次来我家，没想到就在这里过夜。

洗完澡以后他指着我房间隔壁的两间问我："晚上……我住哪间？"

我一愣，说："就跟我挤一间吧，那两个都是我同事的房间。"然后又小声地问他，"OK吗？"

他抿嘴笑笑，说："好啊。"

我长长吁了一口气，说："呵呵，我也不介意你用我的毛巾、浴花还有牙刷。"

"傻瓜，我当然知道。"

忽然，大雄扔给我一小包东西，说："这个给你，我在广州买的。"

我打开看，是一大串彩色的石头和珠子串成的吊饰，上面还有只黑色半透明的小熊。

"我看到有只熊就买了，呵呵。"

"我也有东西要送给你。"我把做好的小熊手机链递给他。

他眼睛一亮，接过去仔细地看。看了半天，他抬起头对我说："不对啊，怎么和以前的那个不太一样？"

"嗯？跟以前的不一样？"

"是啊，以前你送我的那个手机链绣的是你的名字吗？"

五年前，还在北京的时候，我曾经送过一条十字绣的手机链给大雄。那个小玩意儿也是拿粉、蓝两种颜色搭配的，因为那时候他说他最喜欢蓝色，而那时候的我最爱粉色。我在那条手机链上绣上他的生日和我的名字。

我看着那只蓝色小熊背后绣着的X字母，熊的拼音首字母，说：“跟以前送你的那条没有关系，呵呵，改一下不好吗？”

“当然。”他把蓝色小熊拿在手里翻来覆去地看，然后掏出手机来找可以挂手机链的小孔。

Vertu（纬图）手机竟没有挂手机链的地方。

他想把手机链的绳子嵌在电池后盖的缝隙里，又担心不牢固手机链会掉。

我有点失望，悻悻地说：“用高级手机的人都不会用手机链这种幼稚的东西吧？”

他摸摸我的头说：“看来我要换个手机了。”

虽然一点睡意都没有，但似乎还是要睡觉的。

我关上灯，房间一下子黑了。

我们躺下来聊天。

我把枕头给他枕，我枕着二宝，二宝是一只跟了我四年多的毛绒熊。

大雄牵着我的手，和我并排躺着。

我的床很小，我们靠得很近，我能听到两个人的心跳声。

我忘记了拔掉电脑的电源插头，它在黑暗的房间里闪着幽蓝的光。

“你知道吗？来厦门第一个礼拜我睡在这张床上的时候真的难过得要死。我总担心旁边住着的是个心怀不轨的男人，很想念和我一起睡了一年半的星，还想妈妈，想我北京的朋友和武汉的家。而你那个时候像消失了一样，不和我联系，我完全没有你的消息。”

大雄听到我说的话，没有做回应。于是我继续说："我想了很多次是不是应该放弃了。但是我想，厦门这个地方我很喜欢，我都已经来了，不管怎么样，至少要试一下能不能一个人在自己喜欢的城市过好生活。"

"时敏，你说的这些我都无言以对。"

"呵呵，没事。反正都过去了。现在我很开心。"

我靠在大雄的肩膀上，闭上眼睛笑了起来。

大雄侧过身来吻了我。

我睁开眼睛，在黑暗中努力辨认他此刻的模样。这是他第一次吻我。

那是一个轻轻的、温柔的、短暂的吻。像小时候吃棉花糖，轻轻地抿下去，绵丝绒般松软的质感，带着甜丝丝的味道，但是很快便融化在嘴唇上了。

后来我再回想起这个短暂的时刻，想到了一句歌词：还没好好地感受，醒着亲吻的温柔。

是啊，还没好好地感受。

以前只觉得《红豆》是首庸俗的歌，谁都在KTV里点来唱，而今带了自己的故事再来听，才真的被林夕写在歌里的真意打动。

有时候，有时候
我会相信一切有尽头
相聚离开，都有时候
没有什么会永垂不朽
可是我，有时候
宁愿选择留恋不放手

等到风景都看透

也许你会陪我看细水长流

有时候，天真的我也会相信一切都有尽头，也会相信相聚离开没有什么会永垂不朽。

可是我的倔强在有的时候宁愿选择留恋，也不肯放手。

想到将来的种种可能，我握紧了大雄的手。

我知道属于我们两个人的童话也可能像这个吻一般，温柔又短暂。但是，为了那战栗的甜蜜感，我宁愿沉溺下去。

那个晚上除了这个吻，我们只是躺着聊天，一直到天亮。

半夜又下起雨来，大风卷起窗帘，雨水打在玻璃上噼啪作响。

我知道下雨的时候不会有星星出现。

但是我分明看见这个夜，在我小小房间的天花板上，繁星满天。

ten
做什么不重要，关键看跟什么人在一起 :: 10

再来晋江的时候，我已经有了新的期待。

有期待的时候，日子过得特别快。

在晋江的SM广场，我和大雄去看电影，这是我们第二次一起看电影，也是在万达电影院。

我们一起看的第一场电影，是去年冬天在北京的万达电影院。

而电影院是最让我开心的地方。

那个黑黑的放映厅似乎有种魔幻的力量，当巨大的屏幕亮起，闻到混杂着可乐、爆米花、薯片味道的空气，总会让我的心情变得很好。

我们看的是《功夫之王》，其实这并不是我喜欢的那一类电影，但是有什么关系？我仍然看得有滋有味。

做什么不重要，关键看跟什么人一起。

所以当电影演到高潮处突然遇到黑屏暂停这种千载难逢的事时，我仍然哈哈大笑。

好心情，也许不只是夏天吃着冰激凌，还有，在万达和大雄看电影。

电影散场后，我们从放映厅出来，大雄几乎是跑着出SM广场的。他像有要紧的事要做，也许今天陪我看电影是好不容易抽出的时间。

对于这个永远忙碌的男人，我经常会因为自己需要他陪伴而内疚。

我不禁想，对于同样忙碌的其他人，我是不是也算个麻烦？

比如现在，大雄走了，我需要Joe开车来SM广场接我。

想到这个，我有些难过。

我不想成为大家的负担，但是却不可避免。这是个我完全不熟悉的地方，到处都说着我听不懂的方言，他们是我在这里的依赖。

我们在敏月公园旁边的阿秋牛排店吃完晚饭，Joe问我想去哪里。

我突然想到高大头最近一直很烦躁地跟我抱怨，似乎被好多不顺心的事困扰，找不到解脱之法，我于是提议说："不然我们去看看大头吧。"

Joe欣然应允。

在路上我发短信给大雄："我和Joe现在要去大头家呢。"

他回道："晕……居然和我想的一样。"

哈哈，这意外的默契比万达的电影更让我开心。

上一次有这种默契的感觉还是我在北京的时候。某天下午，走在落叶如雪片般纷飞的街头，我突然很想打电话给大雄，又被自己腼腆害羞的一面阻碍，犹豫不定。从西直门回崇文门的路上，我想了一路这个电话到底要不要打，结果刚进家门，我的电话突然响了，来电显示上是大雄的名字。

据科学统计，如果两个人在没有事先约好的情况下同时说出同一句话，两个人的寿命都会延长七秒钟。那么，在没有事先约好的情况下做同一件事又会延长多少寿命呢？

我满心欢喜地把大头从家里拖出来，跟Joe说："走，我们先去衙口海，大雄一会儿也来。"真是丑恶，似乎已经忘记了来大头家的初衷。

衙口海岸有人搭台演唱，鼻音浓重的女声，唱着我听不懂的闽南歌或者"真的好想你"之类的国语歌。

大头坚持要去看看热闹，Joe说："也好，带时敏去看看小地方的乡土演唱会。"

舞台由简陋的雨棚和木板搭建，巨大的白炽灯泡裸露在雨棚底下。台下人声鼎沸，很多人端来板凳竹椅站在上面看，还有些人干脆站在自家的摩托车上踮着脚尖拼命往里瞅。

大头说："时敏啊，再教你一句闽南语——ceng sui ceng sui，直译过来就是土美土美，意思就是虽然土土的，但是土得又有那么点韵味。"

Joe指着台上浓妆艳抹的歌女，补充说："对，这就叫ceng sui ceng sui。"

我现学现卖，说："高大头认识的红歌星都这么ceng sui ceng sui啊！"

Joe不仅喷了出来，重复我话里的关键词："歌星……对对对！高总认识的都得叫作歌星！"

"塞（闽南语脏话）！"大头骂道。

嬉笑怒骂了一会儿，大雄到了。

看到大雄的时候我又想到刚才默契的提议，不禁一笑。

我发现有些微笑是会从心里笑出来的。那么，那一刻的眉眼是否会因为平添了笑容而更加好看?

我们把车停在一边，站在海岸的坡上。大雄又回去开了车门，把车里的音响声调大，是黑眼豆豆的新歌，劲爆火辣，把海风都舞动了起来。

歌曲交替的间隙里，传来远处的海浪声。忽远忽近。

海边的夜仍带着凉意。

大雄从他的车里拿了件黑色的外套给我。

“呀，你穿这个还挺酷的。”我披上外套，大雄上下打量着我。

“那是。”我故意甩甩头发。

我们四个人蹲下来聊天，手也没闲着，扯着草根，用石头在沙土上画出各种奇怪的符号。

“哎，突然想到我车里还带着这个。”大雄从后备箱里拿出一个足球，嘿嘿地对着我们笑。

“好久没踢球了。”Joe把球接过去，用脚尖转动足球在地上画了个圈。

“踢呗！”大头一脚把球踢飞。

大雄跑向球飞走的方向，截住，又踢回来。

“来啊，一起玩。”大雄对我说。

我抬抬眉毛说：“行啊，如果你们不怕我的凉拖跟着球一起飞到你们身上的话。”我指指我脚上的凉拖，我的担心并非多余。

大头低头看看，说：“时敏你就是有预见性，是不是知道我们今天要来海滩所以穿这个鞋啊。”

球正好滚到我脚边，我用力踢给Joe，说："少废话，踢就踢！"没想到，这一脚我踢得挺远的。

大雄惊了一下，说："嗯，挺有天分的嘛。"

四个人在海边空阔的沙滩上玩开了。

四月的衙口海，寂静的夜，绕口的黑人音乐声、叫好声和大笑声交织在一起。

沙滩旁的公路上偶尔有车呼啸而过，路灯明亮地洒下来，映在我们脸上，折射出温柔的光。

印象中这是我第一次踢球，还穿着极不合适的凉拖。没有鞋遮挡的脚面碰到硬邦邦的足球还是挺痛的，我一个不小心把球踢到了沙滩的土坡下面。

大头自告奋勇穿过碎石和杂草下去捡球，好不容易摸着黑捡到，又耍帅一样把球从坡下往上踢。

我也逞能地去接，自然是接不住，球又滚下去。如此反复几次，终于折腾不起了。

最后大头用手牢牢抱紧了球走上来，蹲在地上休息。

我们也都蹲了下来，中场休息。

"商量一下五月十九日那天怎么过吧。"大雄突然说。

"自然是要去厦门找一个美女啦。"Joe接过话。

"废话！"大雄拔起一根草扔他，"说点具体的。"

我哈哈大笑，大头还在喘气。

"时敏，你想怎么过？还有，和哪些人一起过啊？"大雄很认真地看着我。

"嗯……我想做顿饭给大家吃。"其实，生日怎么过我偷偷想过的。"不然十八日你们去厦门找我，来我家，我给大家做顿饭，然后吃完蛋糕过了十二点去唱歌怎么样？”头脑里已经浮现生日Party的美好景象。

“嗯，不错。”大雄点点头，“我也做个菜，不，是做个面。”

“你还会做吃的？”大家都有点惊讶。

“会啊，在广州的时候一个人吃饭，自己研究出来的。不过你得给我准备面线和麦当劳的番茄酱，还有，各种调料都要有啊。什么面线都可以，厦门那种面线就可以，但番茄酱一定要是麦当劳的。”

Joe把草扔回去给大雄，说：“要求还真奇怪，还非要麦当劳的……”

大头终于开口说话了：“厉害厉害。我到现在只会做三个菜。”

“你还会做三个菜啊？”我更惊讶了。

“是啊。炒蛋，炒饭，蛋炒饭。哈哈……”大头发出他招牌式的笑声。

这次，三人手里的草扔向了同一个方向。

聊着聊着我就进入了神游的状态。

我无可救药地开始幻想我的二十四岁生日Party。在我爱的城市，有我爱的男人和我爱的朋友们。我会系上漂亮的围裙，做拿手的菜，然后摆成精致的盘排列在客厅的茶几上。

然后大家慢慢吃，称赞说：“时敏啊，你真了不起！你做的真好吃！”

虚荣心得到极大满足的我坐在一旁开心地笑，看着大家把菜吃得精光，拆开大家送给我的生日礼物。

接着，大家给我唱生日快乐歌，我吹蜡烛，我们一起分享香甜的生日蛋糕。

我想，我是有权力幻想这一切的，因为那个时候我爱的男人和我爱的朋友在热烈地讨论着我的生日如何度过才够精彩。我看到的一切都在告诉我，尽情幻想吧，一定能实现。

彼时我心中的期待如生日蛋糕上香甜的奶油，泛着诱人的光泽，被挤成花朵形状或者蕾丝的褶皱，一切，那么美好。

eleven
11 :: 恋人温柔的小伎俩

这个周末结束了，又到了回厦门的时候。

一大早我就接到了大雄的电话，他说："我的车又坏了，被拖去了修理厂。"

"没关系，我自己坐车回厦门吧。"

"你等我想想办法……肯定能送你回去的。你先去Joe的公司等我吧。"大雄很坚持。

对于我喜欢的人，我从来不曾怀疑过他的真心。

我的小女人心理在作祟，既然有人替我安排一切，为什么不幸福地接受呢？

于是我乖乖地去了Joe那里，等着那个帮我安排的人。

天气渐暖，已经有卖西瓜的了。我和瑞萍、Joe挑了个又大又圆的浅绿皮西瓜上楼。

我很自觉地抱了西瓜去厨房，切好，盛在盘子里，端出来。

以前没有注意过，其实很多人是不会切西瓜的，比如瑞萍。

正确的切西瓜的方式应该是先横竖两刀，剖成四等份，然后从一条线发散开去分成几个面来切，这样才能把每块切得大小差不多。然而我们可爱的萍萍，是从一个面的平行面去分割西瓜，越切越小，切到最后只剩下一小块类似三角体形状的西瓜，那三角体上的红色瓜瓤，可怜得不到半拳大小。

在我注意到这一点以后，切西瓜就变成了我的专利。瑞萍有时候会没好气地对我说："你这么会切，干脆去卖西瓜好了。不然浪费人才。"

我说："这都是女人的嫉妒心啊！才不跟你计较。"

瑞萍被气得吹胡子瞪眼的模样甚是可爱，说不过了就会用肢体语言表达愤怒，我和猪少都特别爱逗她。

还没等我们吃完西瓜，大雄就到了。

我问他："怎么回去？"

他笑着说："反正我有办法。"

然后他问Joe和瑞萍："等下你们有事吗？没有的话陪我一起送时敏回去吧。我怕我记不住路。"

这倒是真的，每次大雄送我回厦门，Joe都陪着。往往还不是陪着这么简单，大雄会把车给Joe开，然后他陪我坐在后面。

我常常感叹："Joe啊Joe，你真是大家的Joe。"

瑞萍笑骂大雄一句："你太差了！连路都记不住还开车！每次都要我们当电灯泡。"

最后仍然是得到应允。

我说这是瑞萍的刀子嘴，这也是瑞萍的豆腐心。

于是杨大小姐回趟厦门，又一次劳师动众。

我们狐疑地跟着大雄走到楼下，看他领着我们走到一辆黑色全新的宝马车前面。他转过身来对我说："看，为了送你回去，我临时买了辆新的。"

"真的？这车是你新买的？"还没等我反应过来，Joe便惊讶地问了出来。

而我向来就是个别人说什么就信什么的傻妞。

"应该不会吧。"还是瑞萍比较理智。

"呵呵，骗你们的啦。"他指着车下方挂着的某车行的牌子说，"车是我找修车的车行借的。但是如果跑这趟刮到了一点点，就要买下来了。"然后他又看着我，"怎么样，这样送你回家，够有诚意吧？"

我故意拨拨头发说："嗯，还行吧。我批准了。"

恋爱时觉得一切都很美好，蓝天格外清澈，白云更加无暇，淡淡的清风似乎都有暗香涌动。

恋人一句普通的玩笑话在对方的眼中都胜过幽默大师苦心机智得来的诙谐。

至于此时这恋人温柔的小伎俩让我觉得，我得到了全世界。

twelve
黄金海岸的泰坦尼克 :: 12

五一假期快到了，恋爱中的女人想邀大雄一起飞到重庆参加她朋友遥遥婚礼的计划告吹。彼时大雄要飞去广州，处理他好像永远都处理不完的事情。

于是我独自一人飞到重庆，见证了这场跨国婚礼。

在遥遥对她的英国丈夫宣誓的时候，她说："无论是顺境或是逆境，富有或贫穷，健康或疾病，我将永远爱你、跟随你……"

我竟然在台下哭了。

这曾是谁都不看好的爱情，一个二十几岁周游世界的英国帅小伙，在游到中国这一站时在北京的酒吧里认识了遥遥。遥遥是一个普通的中国姑娘。他们一见钟情，陷入爱河，从此幸福地生活在一起。

我哭是为遥遥高兴。

爱情难免会有伤害，难能可贵的是，我们仍然相信爱情。

是的，我相信在不再青涩的年纪里，仍有一份纯真的爱。就像完全没有成长，就像从来不曾受过伤。

勇敢去爱吧，什么也不要理会，像全世界只剩下我们两个一样。

有的时候我甚至不愿意去想和大雄的将来，装成是洒脱，也许只是因为害怕去想。

即使偶尔想想，也绝不当成话题来讨论。

因为现实告诉我，两个人在一起，光有爱情远远不够，各方面都相差太多的人很难有未来。像天使与海豚相爱，像山峦和大海相爱，像冰与火，像黑夜与白昼。即便奇迹发生，费尽千辛万苦得到的交集也可能玉石俱焚在一瞬间。

我的内心有两个我为这段爱情争吵不休。一个我相信一切美好，爱主宰一切包括将来；一个我从现实出发，告诫自己应该保持清醒以免受到伤害。

大多数时候，潜意识让我沉浸在童话里，膜拜那不大可能存在的、却在脑海中闪闪发亮的想象。所谓逃避，大概就是如此吧。

而今遥遥的童话变成了现实的幸福，给了我莫大的鼓励。

只会说英文的英国婆婆和只会说重庆方言的遥遥妈妈用微笑和肢体语言交流，让我感动得几乎落下泪来。

他人的幸福感沐浴在我的爱情之上，让内心那个乐观积极的我突然强大起来，把那个消极的我踩在脚下，爽朗大笑。

望着那洁白的新娘花球在我面前画出优美的弧线，我忍不住想，我的童话，也能成真吗？

然而在重庆的那几日，我和童话男主角的联系越来越少。起先还会打几通电话，而后变成寥寥无几的短信。灿灿八卦又热心，一再告诫我这不是恋爱该有的正常状态，她说我们应该关注对方在做什么、和什么人在一起。

诚然，我绝不是黏人的女友，但理应也要得到对方适时的问询和关心。

总是担心打扰到我的男友，想联系又怕联系的心情着实不像正常的恋爱。尽管我相信大雄是关心我的，只是他的生活中需要他关心的事情实在太多了。

灿灿的话像一颗蓄势待发的邪恶种子，在我的潜意识里埋下了。

从重庆飞回厦门的那天，我不顾旅途的劳累执意从厦门高崎机场去了晋江。因为得知猪少在家，我很想见见他，也想趁他在家方便我当面去谢谢他老爸替我安排在厦门的工作。

快到晋江的时候我接到猪少电话，他说："快点快点，我爸等着你吃饭呢。我爸很少等人吃饭的。"

我狼狈不堪地背着行李和一大包从重庆带回来的特产来到了猪少家。

猪少的妈妈客气而热情，猪少的爸爸很少说话，笑起来很慈祥。

我不紧张。

但在属于家人一起吃饭的餐桌上，这无疑是奇怪的组合：我，猪少，猪少爸妈。

所幸沟通对于我不是难事，一顿饭，吃得也挺开心。猪少爸爸说有困难的话就打电话给他，我猛点头。对猪少家，我始终是心有感激的。

吃完饭我在猪少房间的地板上分我从重庆带回来的好吃的，他看着我，半天才说："还没有女生这样来过我家呢，你是第一个。”

我抬头笑笑说：“那我岂不是很荣幸？”

“最近跟大雄怎样？”猪少问。

我没有回答，笑容变得淡淡的。

“不好吗？”

“不是，可能……他太忙了吧。不过也不要紧，你知道的，我不是黏人的女人。”

“嗯，那倒是。我女朋友就很黏我，一天到晚问我为什么不打电话给她。”

我笑笑，不做回应。

下午Joe和大头来找我们，我们陪着猪少去泉州的新华都买衣服。

在我眼里有点土的某品牌的男装店里，猪少试了一件又一件。我们三人忙着给他推荐，品味是见仁见智的事，只可惜模特胖了点，我们推荐的衣服穿在猪少身上和挂在衣架上完全不是同一个效果。

“以前你瘦的时候我觉得你穿浅色好看，现在你胖了，觉得你还是穿深色好。”我说。

“这件怎样？”猪少指着身上一件粉黑相间的横条T恤问。

“还可以啦。”Joe说。

“显瘦。”我补充。

“那买了！”看来我补充的两个字抓住了要害。

“那件就不要了啊，穿上像男妓。”大头冷不丁冒出来一句。

猪少大笑，转过来对我说：“知道我为什么喜欢拉着高大头一起买衣服吗？就因为他嘴够贱，什么都敢说。”

买完衣服后，良生打电话叫我们去石狮的黄金海岸一起吃晚饭。

这个地方我听说过很多次，今天是第一次来。

海边吃海鲜当然是十足惬意的事，更何况，还是和这些人在一起。

又是一堆我叫不出名字的海鲜上桌，我挨个去试，都是美味。以前吃不出海鲜是否新鲜，而今知道了，新鲜的海鲜吃起来口感细腻，而且有丝丝的甜味。

良生将一块贝壳类的东西给我，说："小时，这是好东西。"

我只管去吃，也不管叫什么了。太多了，也记不住。

日暮低沉，我们坐在高台的露天座位，看着海水渐渐由蓝色转变成深灰。

忽然看见海那边停着一艘巨大的游艇，我问："那是可以开走的吗？还是只停在那边当个摆设？"

良生说："那是我们石狮的泰坦尼克。"

众人笑，不知道是笑良生的话还是笑我。

良生继续说："我这句话有没有你的笑话冷？"

不知道从什么时候开始，有我在的餐桌上，肯定少不了的一个节目就是讲冷笑话。

我发短信给大雄说："我和大家在黄金海岸吃饭呢，你不在，我要把你那一份帮你吃回来。"

大雄的回复仍然简单而温柔，他说："好的，宝贝，可惜我不在。"

女人真是容易收买的，一声"宝贝"便让我之前的焦虑不复存在。于是我相信自己是对的，我的男友是关心我的，只是，他生活中需要关心的事情太多，他只是没有那么多时间来分给我。

也许我需要更多体谅，需要更为懂事。

毕竟，这个男人，是我选的。这场恋爱，是我期待的。

选择什么样的男人，就要准备好谈什么样的恋爱。

慢慢来吧，会好起来的。我想。

要离开黄金海岸的时候我问大头："我可以坐你的摩托车吗？我还没坐过呢。"

大头很高兴地说："可以啊，杨大小姐，当然可以。"

我把包扔在Joe的车上，Joe载着良生和猪少走了。我兴奋地跨上大头的摩托，抓住大头的肩膀，说："开吧开吧。"

大头转过头来问我："坐好了吗？我会开很快哦，你怕不怕啊？"

"哈哈，笑话，怎么会怕，快点开吧。"

大头猛地踩一脚油门，车"嗖"的一下飞了起来，巨大的惯性让我的头突然向后仰，身体却一直向前，我的头发和衣服一起飞扬起来，呼呼的风声穿过耳朵，强烈的失重感让我忍不住激动地大叫："呦吼——"

大头被我的反应逗得呵呵直笑，他说："你还真是城里人，对这个都新鲜。"

我紧紧扶着大头的肩，说："你知道吗？这个叫'肉包铁'，比Joe他们'铁包肉'好玩多了。"

我越叫越大声，大头越开越快。

我有理由相信，彼时的我是快乐无比的。因为离开黄金海岸的那一刻，所有我不愿意想、不敢去想的东西都像泰坦尼克号一般，沉没了。

我的那些焦虑和不安，在大头载着我飞一样穿梭在街道里的时候，随那呼啸而过的风，吹散了。

thirteen
13 :: 爱让人忧愁了起来

我赶上了最后一班大巴从石狮赶回厦门去。

回到厦门的第二天晚上，十一点多的厦门机场，我接到了从广州回来的大雄。

他牵着我走出去，说："里边空气太差，我们出去透透气。"

我们站在机场外的草坪上，这也是上次接他的地方。

深夜的机场，头顶有飞机飞过，机身一圈彩色的指示灯飞向远方，和夜空里的星星连成一片。

大雄缓缓说："太累了。我在飞机上还睡了一觉。"

我看着疲惫的男友，暗自责备自己的多心。

既然大雄生活中需要他关心的事情太多，那我，为什么不能做个让他省心的女友?

立志让他省心的女友在路边叫来一辆出租车，说："麻烦您，去厦大那边的国际青年旅社。"

是的，国青旅，当初狠狠下决心要来住一个晚上的愿望终于实现了，还是和心爱的男人一起来的，如今这个愿望实现得灿烂无比。

机场到厦大的路不算短，大雄在车上打了两个电话后，又睡着了。

我们一直没有说话。

到房间后，大雄洗澡，我看电视玩手机。跟上次他住在我家的那晚不同，我一点都不紧张，可能也是猜到不会发生什么。

夜深了，南华路有一种悠长的空灵在飘荡，国青旅的院子里树叶随着风动沙沙地响，不时还会传来两声猫叫。阳台上洒落的光晕，也许是别家未打烊的咖啡馆折射的灯光。

洗完澡，大雄穿着短裤从洗手间出来，坐在床上，躺下，点一支烟来抽。

他跟我聊了几句在广州烦心的事情之后便不再说话。

我盯着电视良久，不知道自己在看些什么。

我们仍然是沉默的。

也许他太累了，我想。

空气有些憋闷。

我想出去透透气，但还是缩进被子里，对着大雄的方向。我闭上眼睛，说："我先睡觉了，明天一早还要从这里去公司呢。"

"嗯。"他轻声应道，然后俯身过来亲了我一下，"晚安。"

其实我并没有睡着，这一夜，身体没有辗转反侧，思想却更为激烈。

之前灿灿的话又开始在我脑海中搅动，反复翻滚。

什么是恋爱该有的正常状态？我忽然间模糊了概念。

恋爱中的男女是否都应该落入俗套有着如胶似漆的状态，还是因为对象的不同而有所区别？我们应该热情如火，还是因为一个忙碌的男友加上一个懂事的女友就应该相互隐忍？

看得出，大雄每次见我的前几分钟都是有些不自然的，像参加某项运动比赛，需要热身。这自然影响到我，两人在一起的前几分钟，连空气都是需要预热的。

而我呢？在他面前，是否做到了一个真实的我？

曾有人评价我说，你有淑女的气质，疯子的性格。

那么在大雄面前，我是否只表现了气质，而隐藏了我可爱的小性格？

空气里飘着淡淡的烟草味。

我知道我是爱这个男人的。

但我不知道如何改变状态。

出了什么错？

爱让人忧愁起来。

一夜不得好眠，我醒在了闹钟的前头。

我蹑手蹑脚地起身，洗漱，化妆，然后俯在大雄床头，轻声说："我走了，去上班了。楼下有早餐，一会儿你吃点东西然后再回石狮吧。坐大巴的地方叫'松柏'，找不到的话再打给我。"

大雄睡眼蒙眬地答应着，伸手摸了摸我的脸。

我看了他好久，我知道他也是爱我的。

但我不明白我们之间出了什么错。

我在心里轻轻叹一口气，站起来，推开房间门离开。

关门的那一刻，我又回头看了看大雄。他已经重新闭上眼睛，可能又睡着了。

对于大雄我到底该怎么办呢?

是我太敏感吗?

还是真的出了错?

一般，所有对自己的逼问都不会有太明确的答案。

我皱着眉经过旅舍的前台，脸庞干净的服务生冲我友好地微笑。这是我期待了多日的国际青年旅舍的清晨啊，我看见鸟语花香的庭院，我甚至闻到自助厨房里飘出的烤面包的香气。

我的心却阵阵发酸，涌动着微弱苍白的无助感。

初升的太阳映着树梢末端的天空，一片粉橙的旖旎霞光。

我走在南华路上，看着那些散落在半山的老别墅还在睡梦中。

窄小的坡路蜿蜒曲折，伸向前方。

彼时我想，我只有向前，继续走，回不了头。

fourteen
14 :: 人人都可修炼到成佛升仙，可人的感情却是有血有肉的

又到了周末，我已经习惯了每周五下班后坐车去晋江。

就好像公司里那些家不在厦门的同事一样，一到周末，我跟他们一起去长途汽车站搭车回家。

只是，我还不习惯自己那担心打扰到男友的心态，更不习惯他在我这种担心下，跟我的联系越来越少。

那个不算愉快的国青旅的夜，像惆怅的薄雾，淡淡地蒙着我的眼睛。

忽然之间，我竟有点迷茫。

这个周五，Joe没有空，这次换瑞萍来车站接我。

瑞萍新剪了头发，很清爽的样子。

上车后，我看见副驾座上多了个小小的人儿，瑞萍说："这是我侄女，给你看过照片吧？她叫李佳莹。佳莹啊，快点叫阿姨。"

我在心中暗暗感叹，原来我们都已经不再是姐姐的年纪。

小人儿转过来看了我一眼，很是冷漠，并不说话，又转过去，

低头玩自己小裙子上的蕾丝。

我吓了一跳，虽然深知自己没有小孩缘，但不料竟然已经不受欢迎到如此地步。我很不甘心地伸手去摸摸她的头发，讨好地说：“佳莹真漂亮，比照片上还美。”

谁知小美人猛地一巴掌拍在我手上，还伴随一声歇斯底里的大叫：“啊——”然后她狠狠地瞪着我，仿佛我是奥特曼里面入侵地球的某种奇怪生物，她对我充满了正义的杀气，为了保护地球捍卫人类必须消灭我。

车后座无论身躯还是心理都大她几倍的我这下蔫了，可怜兮兮地求助她的瑞萍姑姑，说：“她好凶啊……”

瑞萍居然也一巴掌打在小人儿的身上，故意装成很凶地叫：“李佳莹啊，不许没大没小！”然后转过来一脸温柔地对着我，“她就是这样的，对生人就是这样，熟了就好了。不过也不要跟她混太熟哦，不然也一样会被她打的。”

我经指点迷津后连连点头，而被怪物的援兵打击报复后的小人儿居然不恼，还咯咯地笑起来，抓住瑞萍的手和她嬉闹。

我看傻了。

总算知道什么叫作一物降一物。

而降不住的我只好作罢，若是无法亲近，那么求个自保，和平就好。

谁知无名的战火愈烧愈烈。尽管我什么都没有做，小人儿眼里看我的杀气却越来越重。终于发展成只要我们的目光撞到一起我就会遭到一顿暴打，尽管有瑞萍姑姑护驾，还是不能幸免。

我跟瑞萍说我怕是要得“小孩恐惧症”了，以后在路上看到差不多年纪的小女孩都会发憷。

瑞萍则笑我没用，都这么大岁数的人了还被小孩欺负。

好不容易才等到Joe来载我去泉州剪头发。

我如获大赦一般，兴高采烈地对着Joe说："太好了，你来了，多了个对象分散她的注意力。"

Joe听完我的遭遇后得意地一笑，伸手去摸佳莹的脸，说："佳莹才不会这样对我，是吧？佳莹，来，叔叔给你去买好吃的啊！"

小人儿果然没有抗拒，我懊恼不已。

正当我开始重新审视自己是否有人品问题的时候，我听到了Joe的惨叫。

他转过头来对我说："看不出来这小女孩打人这么疼！"

我幸灾乐祸地大笑，然后躲在瑞萍的后面。瑞萍不依不饶地指着Joe说："嗯，打他打他！李佳莹啊，用力点，打他！"

小人儿在姑姑的鼓励下，越打越起劲，Joe也不敢发作，除了来回躲闪，别无他法。

我暗暗吁一口气，入侵地球的一号怪物已被驯服，现在出现了更值得关注的二号怪物。

我暂时安全了。

不用再躲佳莹的我，安静地缩在一边看他们的热闹。

忽然有了大把的时间来琢磨自己的心事。

我的内心也有个"小人儿"在狠狠地打击我。她张牙舞爪地跳着，歇斯底里地怒吼着。她问我：你在做什么？你到底在做什么？你的男友在你来晋江后都不愿意出现在你面前，你仍然可以装成懂事无比地跟他说没关系。你看你这个女人，是多么虚伪！

是的，虚伪。

大雄总是忙碌不堪，而我总是掩饰自己内心的渴望。

虚伪地相处应该不是恋爱正常的状态，在重庆埋下的种子突然萌芽了，邪恶的力量迅速成长，占了上风。我看着大雄发来的短信，他说："这个周末太多事情要做，我可能没法见你。"瞬间，我觉得自己无比委屈，有想哭的冲动。

我终于忍不住对Joe说："Joe，我感觉有点累，我像在跟自己恋爱。"

Joe把纠缠着他的佳莹交给瑞萍，转过来看着我。他叹一口气，说："我知道。其实……我跟大雄谈过了。"

"嗯？"

"其实旁边的人是可以感觉到的。两个人在一起好不好，真的可以感觉到。"他停了停，似乎知晓彼时我内心的一切，然后继续说，"这样的状态，我觉得对你不公平，虽然我也知道他忙得没时间。"

我那顾影自怜的委屈突然找到了共鸣，霎时化成眼底的液态分泌物，宣泄而出。

"Joe，你知道吗，我做了我能想到的所有，但是……你知道吗，我没办法，真的没办法改变。我不知道问题出在哪里，我就是没办法去改变。"我的声音越来越小，难过得不能自已。

"时敏，任何人都有个限度的，要是还不行，就不是你的问题了。"Joe停了一会儿又说，"你想过没有，也许，问题可能是你做得太多了。"

"嗯。"我点点头，无言以对。

"我跟大雄谈这个，他也很难过。但你知道的，生意人都是这样，他要做的事情实在太多，再加上家里乱七八糟的事，他的性格又是那个样子，这没办法，真的没办法。"

我不再说话。Joe说得很对，我明明全都知晓，他不过是把我内心善良、懂事的那一面找出来，重复展现在我眼前。

但我终究是个平凡的女孩。

有些道理如果照做，人人都可修炼到成佛升仙，可人的感情却是有血有肉的。

Joe继续说："我们都觉得，对你很不公平。真的，大雄也这么觉得。"

"也许吧。"我不能抑制地难过，"如果有一天，我实在没法承受了，我会选择放弃的。毕竟，恋爱是两个人的事。"

"时敏。唉……怎么说呢？"Joe突然深深叹气，抬头再看我时，他眼睛里的忧伤吓了我一跳，"今天晚上我有一个感觉。"

"是什么？"

"我觉得你就要离开我们了。我们就要失去你了。"

我的心，一阵剧烈的抽搐。

那是种疼痛，属于朋友。

哦，我亲爱的Joe。

我亲爱的瑞萍。

我亲爱的大头、猪少、良生、阿平……福建的一切。

后来，那天晚上，我发了长长的短信给大雄，我不再掩饰内心的情绪，我说出一切。我说："我亲爱的，我不知道我们怎么了，也许我们需要好好谈谈。我亲爱的，再忙的男朋友也是男朋友，再懂事的女朋友也需要关心啊。"

大雄没有回我。

整整一个晚上，我的手机躺在一边，安静地陪伴着我的哀伤。

那天晚上因为佳莹，我睡在了三层瑞萍妹妹的房间。这是第二次来瑞萍家住在这间房，这也是我在晋江最不开心的晚上。

这个房间空空如也，黑黑的窗口像是黑洞，仿佛能吸走房客的灵魂。

我飞快地跑过去拉上窗帘，却又觉得憋闷得透不过气来。

“我们就要失去你了，我们就要失去你了，你就要离开我们了，你就要离开了……”

这些声音仿佛从房间的角落里不停地冒出来，黑压压地扑向我，我终于恐惧地哭了。

fifteen
15 :: 我知道我有多悲伤，我也知道，我只会往心里藏

这一次，是老大良生送我回厦门。

大雄始终没有出现。

我知道我有多悲伤，我也知道，我只会往心里藏。

所以良生来接我的时候，我仍然是那个随时可以讲出冷笑话的姑娘。

同在车上的，还有阿顺和良生的老婆孩子。

良生给我介绍，说："小时啊，这是你大嫂。她怀里那个是我儿子，叫家豪。"

大嫂对我点头微笑，男人介绍她时话语里带着温柔，她白净的脸染上一抹粉嫩的红霞，啊，这真是女人最美的时刻。

我的心，被这样的美衬得苍白一片。

于是我说："我给你们讲冷笑话吧。"

"哈哈，"良生大笑，"知道我为什么要主动提出送你回厦门了吧？"

阿顺补充说："他就是想听笑话了。"

我才知道我已经被大家封为冷笑话女王。

会讲笑话也许是很好的事情，它能调节气氛，能拉近尚不熟悉的人的距离，能让你在一堆人里不会被忽略，更能像现在这样，掩盖心情、保护心事，不让它们露出血腥的丑陋。

“胖子从二十层跳下来，变成了什么？”我问。

“肉饼？”

“肉酱？”

“变成了什么？”

“哈哈，死胖子。”这是我最喜欢的冷笑话。

从前，看冷笑话的初衷是为了调节心情。我悲伤的时候看，离别的时候看，想哭的时候看，烦躁的时候看，冷笑话能稀释掉我的不快乐。可我没想到越看越多，越看越疯，终于上了瘾，再也戒不掉。

“一只小鸟折断了翅膀，为什么还是飞到了终点？”

“因为终点很近……不对，为什么？”

“因为它够坚强！”

讲冷笑话的很多时候，最终结果是被听笑话的人打，就比如现在。

但是打完之后骂你太冷太无聊的人还是要继续听，也比如现在。

“还有呢？还有呢？”良生在骂完我无聊后催促我赶紧说下一个。

“一个人站在树上唱Hip-Hop，打一个字。”

“想不到。”

“是桑啦。”

“桑？”

“叉叉叉！”我一边摆出Hip-Hop黑人的经典姿势。

哈哈……这下是大家都乐了。

“还有呢还有呢？再说一个。”

“一只乌龟经过一坨大便，为什么只留下了三个脚印？”

“为什么啊?”

“因为大便太臭了，它需要用一只手捏着鼻子。”

我就这样讲了大半个小时，高速公路旁的风景像讲过的冷笑话一般，被抛在了后头。我总是在大家哈哈大笑时，嘴角微微上扬，这不是得意的表情，而是学会了如何露出配合的微笑。

“还有呢？小时，继续啊。”良生显然也是容易上瘾的人。

“老大，你这样给我好大压力哦，我暂时想不到别的了。”我说的是实话。这样不停地讲下去，加上之前已经讲过的一些，江郎也有才尽的时候。

谁知良生突然掏出一个袖珍的笔记本递给我，说：“想不到就上网查，查出来再讲！”

“这也可以啊……”我被吓了一跳。

于是我开了电脑，插上无线网卡，在IE浏览器里输入“冷笑话吧”，印象中，这好像是我头一次在车上用电脑。阿顺开车也不慢，电脑键盘在我腿上微微震动，屏幕也被晃动得不太稳定，我却有奇妙的感觉，觉得酷酷的，真的活在了科技信息高速发展的文明时代。

“两个人掉进陷阱，死的人叫死人，活的人叫什么？”

“活人！呃……应该不是……”

“叫救命！”

……

“有一天，茄子走在大街上打了个喷嚏，它抹了把鼻涕生气地说：‘TMD，又有人在拍集体照了！’”

我越讲越多。车外艳阳高照，车内的空气，几乎降到了零度以下。

“小时啊，我给你讲个黄笑话吧。”良生突然打断我，转过来对我坏笑，“前两天别人讲给我听的，哈哈，其实也不是很黄。”

“呵呵，你讲啊。”也许，在他们眼中我是可以和男人们混在一起讲黄笑话的女生。也许连女生都不是，是地位平等的哥们儿。

嗯，哥们儿。为什么不呢？哥们儿的关系似乎比情人之间好太多。这样的关系让我觉得简单轻松，不需要猜忌，没有太多要求，只要不太过分，做哥们儿的都能包容。

至少在哥们儿面前，我的笑声是爽朗的。

“小时，我说了啊。”良生把我的思维拉回来，“两个女人站着对看，打一种我们常喝的饮品。”他嘿嘿地笑。

这次轮到我无语了。

想了良久，我还是猜不到，终于认输。

良生得意地说道：“豆（斗）奶啦！”

我的脑海里突然出现漫画人物常有的脑门上的三条黑线，着实汗了一下。而讲笑话的人显然比我开心得多，良生讲完和阿顺爆笑不已，很快没过我的笑声。

是谁说过热闹的时候更彰显寂寞？

我的手机仍然静静地躺在那里，大雄仍然没有回我那条短信。

他在想些什么？我是不是说错了？

原来，难过就是难过，纠缠仍是纠缠，并不能被笑声冲淡。

彼时，我的忧伤在大家一阵又一阵的大笑中，一次又一次被放大。像是个巨大的黑洞，吸走了曾经真实存在过的快乐，让我的笑容只剩下脆弱的躯壳，颤颤巍巍地摇曳着。

我有不好的预感。

却不敢再去剥开，来看看究竟是什么。

sixteen

今天失恋的，并不是别人 :: 16

回厦门的第二天，我和几个同事被一起派到漳州出差。公司在漳州的某农场有了新的项目，需要我们先去实地考查一番。

我爱出差，爱跑来跑去，爱去不同的地方了解同一个世界上的人原来有这么多不同的生活状态。

漳州是个平和的小镇，有保存完好的老巷古厝，巷口有干瘦的老太太坐在竹椅上吧嗒吧嗒地抽着旱烟。

漳州应该是个有趣的地方吧，但是这次出差，我的兴致一直提不起来。

一路上我都沉默寡言，像被冰霜裹了一层，对大家都冷冷淡淡。

同事们也终于抛下了我，自顾自地在一起活动。

我独自在酒店周围转悠，路旁有个小姑娘背着劣质的音响大声卖唱。

那是我在漳州住下的第一晚，我记得那天过了零时便是五月十五日。

那一夜，像有某种预兆般，在漳州某酒店的大床上，我辗转反侧，一夜都睡不安稳。

我突然醒了，天还是黑的。

不知是夜深还是酒店房间厚厚的窗帘挡着窗外的光线。我睁大眼睛，没了睡意，在灰黑的空间里，任目光四处游离。

我躺着发呆。

良久，我打开手机想看看几点了，忽然屏幕一亮，蹦出来一条短信。

居然是大雄。

他终于理会我。

然而他说："时敏，真的很对不起，让你这几天那么难受，但现在我想跟你说，我们还是分手吧……你知道吗？你为我付出那么多，我真的很感动，谢谢你，但我根本无法给你任何承诺，甚至连最基本的关心我都无法给你，对你真的很不公平。在我身上要背负的责任和任务真的很重，我没办法去经营这段感情，就像我说的习惯一个人生活，我知道你对我从来没有太多的要求，但我觉得对你真的很不公平，这让我心里也很难受，我想这是对你最能减轻痛苦的选择。我很珍惜我们的感情，但你知道我们不会走得很远，长痛不如短痛，所以我残忍地选择了这个结果，原谅我！"

好长啊，好长。我反反复复地看着。

我缩在白色的大棉被里，越缩越小，越陷越深。

竟然没有眼泪。

只是感觉心中有某种东西窝成了一团，瑟缩发抖。

我不知道自己对着手机看了多久，睡在旁边床上的真真似乎醒了。我默默地爬起来，去厕所洗脸刷牙。然后穿衣，化妆，下楼吃早餐。

接着，去上班，看楼盘，做笔录，和总监开会。

像什么都没有发生，和往常一样。只是我的话更少了。

工作的空闲时间，我抽空给瑞萍、Joe、大头，还有猪少发短信告诉他们这个消息，我甚至懒得自己编辑短信，直接把大雄的那条短信原封不动地群发给他们。

他们的回复各式各样，言语激动还透着担心，我的语气却冷漠得像在说别人的事。

像在说："喂，你知道吧，邻家大姐和她老公终于还是离婚了。"

到了中午，我和真真找地方吃饭。在漳州的步行街上，我看见一家店装修得还算精致就走了进去。

不料铺天盖地的熊公仔出现在我面前，大大小小，不同材质，形态各异，还露出各种各样的表情。

熊，全是熊。

我瞬间哭了出来。

真真被吓坏了，连忙问我怎么了。

我假装打了一个喷嚏，干咳了两声，指着隔壁桌上的咖喱饭骂道："这咖喱饭真呛人。"

真真半信半疑，却也不再多问。

我知道说出去的理由很牵强，也不想再多解释。

我看着满屋的熊公仔，它们有的哭泣，有的微笑。我嘟囔了一句"真可爱"，然后笑着擦掉了一半泪水，而另一半泪水和着我点的咖喱饭，一并咽了下去。

胃一阵抽搐。

我这才意识到，今天失恋的，不是别人。

而是我。

seventeen
来不了的人，和不会来的人 :: 17

从漳州回来后，我几乎是逃到晋江去的。

我知道现在自己想在谁身边，我要赶快见到Joe、瑞萍还有大头。

那个大家来厦门给我过生日的计划，因为曾经许诺给我的人消失不见而变得牵强不堪。我突然改变了主意，我想要在晋江迎接我的二十四岁生日。

Joe担心我跑来跑去太累，我说不会的。

见到了Joe和瑞萍后，我问："我看起来还OK吗？"

他们纷纷小心翼翼地回答我："比想象中好。"

我微微笑了笑。

就快过生日了，为什么要把二十三岁的悲伤带到二十四岁?

我和大家约好十八日的晚上在Joe公司，我借用他的厨房来给大家做顿饭，然后一起过晚上十二点。

良生说很不巧，那天他要去厦门来不了。于是他十七日约了我和大家提前聚聚。

我们在石狮的欢唱KTV。我、Joe、瑞萍、大头、良生还有良生的弟弟。

人到齐后，大家又开始玩骰子喝酒。

谁都没有过问刚刚发生的事。

大头在包间的一角喝酒拼得很勇猛，我闷闷地坐在一旁，对着一个大果盘发呆。

“时敏，来，我们唱歌。”良生递给我一个麦克风。

这是我最喜欢良生的地方，他总给朋友安全的庇护，不会让任何一个人落单。

良生应该知道了吧。那刚刚发生的，难过的事。

也许陪我唱歌，是他安慰我的方式?

我们点了所有我们会唱的张学友的歌来合唱。

接着，他又让我唱了他最喜欢的王菲的歌。

可不管什么旋律，什么歌词，我唱起来都那么悲伤。

我的脸上始终挂着微笑，笑得脸都僵了。

我看见Joe也开始喝酒了。也许大环境所趋，不喝酒的男人总显得格格不入。

然后我又看见旁边的瑞萍，似乎看着喝酒的Joe不太高兴。

我突然恍然大悟，也许这才是恋爱当中该有的正常状态。我们都是平凡的女人，都会落入俗套去当那个限制男友抽烟喝酒的唠叨管家婆。

其实女人并非是要满足自己的控制欲，只是太过于在乎身边的男人，在乎到这男人的身体发肤。这个道理，男人表面上都说理解，但接受起来却很难。

离开欢唱KTV后，瑞萍和Joe在车上争执了几句，瑞萍哭了。

瑞萍的眼泪和Joe身体里的酒精起了化学反应，Joe突然发疯了。

Joe突然把车停在路边，狠狠地摔了车门出去，大吼一些我听不懂的话，瑞萍哭得更加厉害，一发不可收拾。

我慌忙跟着Joe出去，见他在车不远处，蹲下，痛苦地抱着头。

看见我跟过来，他向我摆摆手，说了句："没事，没事，我没事。"

这种情况，我往往不知道该怎么应付。

但又总该做点什么，于是我说："别这样了，去哄哄她吧，她哭了。"

"我就是看见她哭了！你知不知道我最怕她哭啊，她一哭我整个人就乱掉了！完全不知道该怎么办！真的要疯了！"Joe突然变得很激动，他抬头望着我，眼睛里闪过一丝忧伤。

是否男人都害怕自己心爱的女人哭?

可偏偏最容易惹他们心爱的女人哭泣的，往往就是他们自己。

从那一刻起，我暗暗发誓，以后难过的时候，可以笑的话，我绝对不哭。

Joe起身走向车那边，打开了瑞萍座位旁边的车门，屈膝半蹲着。

Joe轻声安慰着瑞萍，可没过一会儿，他们又大声争吵起来。Joe猛地把手机摔在地上，只听见"啪"的一声，手机零件碎在四周。

我远远地看着这一切，心痛突然加剧。

以前曾听猪少说过Joe是个冲动又急躁的人，脾气很暴。但从我认识Joe开始，就一直觉得他是个温顺的小男人。这一刻，我见到了那个传说中脾气火暴的Joe。

也是在这一刻，我才意识到原来爱一个人可以为对方改变那么多。

等Joe恢复成我认识的那个他的时候，他叫我上车。

没有人再说话，车缓缓开向瑞萍家的方向。

开到我熟悉的拐角处时，我鼓起勇气打破僵局，说道："我要下车！你们再聊聊。不能这样就回去，问题没有解决不能回去。"

瑞萍的背影微微动了动，仍然沉默。Joe转过来跟我说："时敏，不用了，真的不用了。"

"我想打电话给大雄，真的，我要下车。跟你们没关系，是我自己想要打电话给他，我要跟他说我舍不得！"我并不知道我说的有多少是真有多少是假，由不得Joe拒绝，我开了车门下去。

翻到熟悉的电话号码，我却犹豫了，我真的要打电话给大雄吗？

我打电话给他应该说些什么？真的要说我舍不得他吗？

看着车里两个黑色的身影，我的心痛惨烈真实，几乎可以触碰。

我还是按了绿色通话键。

"其实我介意假潇洒的你……"电话里传来了那再熟悉不过的彩铃。

漫长的等待后，这首歌重复了两遍。电话里传来："对不起，您拨打的用户暂时无人接听，请稍后再拨。"

我没有再拨电话。我在路边站了一会儿，才发现这里的路灯太亮太亮，晃得人心里发慌。

估计时间差不多的时候，我去开车门，回到车上。

我从车座后环绕住瑞萍的肩膀，大声说："吵什么？生什么气？有什么好吵的？有什么好生气的？你们吵得有意思吗？你知不知道我现在想找个人吵架都做不到？！"

我歇斯底里，泪流满面。

不是刚刚才发誓不哭吗？

Joe缓缓牵过瑞萍的手，放在自己手里。瑞萍没再抗拒。

我无力地趴在车座后背上，似乎用光了所有气力。我看着他们的手，笑了。

从开始哭着嫉妒，到后来笑着羡慕。那一刻我发现，就连吵架都是幸福的。

生日聚会按原定的计划进行着，我还是按照事先想好的菜谱去买菜，准备亲自下厨做顿饭给大家吃。不同的是，地点从厦门我的小房间改在了晋江Joe的公司。

然后我装成很高兴的样子发短信给大家，邀请大家今晚一起陪杨大小姐吹蜡烛过晚上十二点。

可是到最后却只有Joe、瑞萍，还有Joe公司的业务员陪我一起吃饭。

有些人是来不了，而有些人，不会来。

我做了咖喱牛肉、蜜糖鸡翅、蚝油生菜还有虾仁鱼丸面线，做得出奇的难吃，不是太油就是太咸，或者颜色不对。

是心情所致吗？也许，我可以做好一点的。

吃完饭，我们去Joe公司楼下打台球，大头承诺他在晚上十二点以前肯定出现。

他没有食言。

瑞萍的表妹也来了。

我们取了生日蛋糕回Joe公司，赶在十二点前把蜡烛一根一根点亮。

我傻傻地唱生日歌，一口气吹灭蜡烛，却忘记了刚许的是什么愿望。然后我切蛋糕分给大家，蛋糕是卡布奇诺味道，口感还不错。

大头说：“杨大小姐啊，放点音乐嘛！”

我打开手机的媒体播放器，是过时的英文老歌。

Joe一直用怪声叫我名字，语调高高低低的，似乎在刻意营造轻松的气氛。

大家都很努力哄我开心，我也要拿出自己最好的状态给大家看，让大家觉得我是快乐的。

大头问：“这是你过的最烂的生日吧？”

“嗯？”我没太明白。

“只有我们几个人，在这个烂地方，还要你自己做饭，拿手机放音乐。”大头皱着眉，解释道。

“呵呵，怎么会？”我的声音有点发虚，顿一顿，然后说，“不敢说是最好的，但肯定是最难忘的。”我看着他，一脸真诚。

是，这是我过得最难忘的一个生日。第一次在陌生城市的生日，第一次没有被北京的闺密们叽叽喳喳围绕的生日，第一个，有你们的生日。

我跟Joe和大头说：“看，来福建后两个最重要的时刻都是你们陪我度过，可见我的友情比爱情靠谱许多。”

Joe摇头笑笑说：“你知道有些人是身不由己。”

十二点钟声响。

“祝我生日快乐吧。”

“生日快乐。”

猪少的电话很准时地响起，电话里还有阿平的声音。他们都在深圳，不能回来陪我过生日。

我故意恶狠狠地说：“没有来的人下次见我要自觉主动地吞一整个蛋糕。”

为了哄我开心，他们当然都答应了。

零时过后，我的手机短信声响个不停。原来牵挂我的人，来自遥远的各个城市。

也许那是在提醒此刻的我是幸福的。

祝福的短信一直持续到凌晨一点的时候才停了下来。

瑞萍和她妹妹在玩泡泡堂，我坐在吃剩的蛋糕旁和Joe、大头聊天。

突然收到一条短信，上面显示的名字有点刺眼，是大雄。

“原谅我这一切无言的举动。祝你生日快乐。”

Joe看了看短信，抬头叹了口气，说：“也许，他还是想和你做朋友的。”

我耸耸肩，然后笑笑说，“不知道。”

我看了短信良久，然后回道：“谢谢你记得。”

不想大雄又回道：“你的生日我都会记得的……”

我苦涩地低下头。

那熟悉的一阵心痛又出现了，隐隐地在心窝里搅动，它们纠缠在一起，疼痛得战栗。我艰难地按动手机键盘，说：“但是你永远不会出现。”

猪少是那来不了的人，而大雄，是不会来的人。

手机至此真的安静了。

我自言自语道：“其实他应该来的，这是他最有可能参加的我的生日。以后不知道有没有机会了，应该是没有了。”

说出这句话的时候，我被自己吓了一跳。

什么叫应该是没有了？

这句话意味着什么？

潜意识里，在什么时候，我竟然萌发了一个要离开这里回北京的念头？

偏偏大头这个时候问：“时敏啊，你心里有个时间表了吗？”

“你……是指，我打算什么时候回北京？”我小心翼翼地问。

“嗯，差不多这个意思吧。”

“不知道，我真的不知道。现在乱七八糟，想不出来。让我过完这个月，等下个月再想吧。”

沉默了良久的瑞萍，在电脑那边突然说：“是啊，先别想了。”

Joe又叹了口气，缓缓说：“你回去是肯定的了。只是看什么时候走，比较合适。”

我的心又抖了一下。

这句话也许是对的，但是绝对不是我想听到的。难道只有离开这一条路了吗？

爱厦门和爱一个人一样，突然就爱上，说不清为什么选择这个城市，这个人。爱多么强大，能让我改变多年生活的轨迹去追寻未知的幸福；可爱又多么脆弱，不能成为强大的理由让现实的生活继续。

尽管那些爱，是真的。

我总不能在妈妈那里一直编造浪漫的故事伪装我的爱情在顺利地进行着，给她安心放我在陌生城市里继续流浪的假理由。

“还记不记得那天我说，我感觉你就要离开我们了？”Joe说。

“嗯。”我点头。

“回去吧。也许那边更适合你。那边有你的家人，你的朋友，更重要的是不像这边这么多规矩。回去找一份让自己能全心投入的工作，再找一个合适的男人。”

“但是我不想走啊。”我的声音小到连自己都快要听不见了，“我喜欢厦门。”

“那就不要走！那就留下来嘛！”大头有点激动。

大家都沉默了。

“或者先不要想这个问题，等哪天说不定一觉醒来，你就有答案了。”大头点燃一支烟，薄薄的烟雾飘忽游离，透过白色的烟气，大头的眼睛直直地看着我。

“嗯。”我点头。

先不要想，至少今天，是我生日。

不管这个生日是好是坏，它是我的生日。

“时敏，如果知道是这个结果，你还会来厦门吗？”Joe忽然问道。

“会，还是会，一定会。”我答得肯定，一点犹疑都没有。

“性格。呵呵，你的性格。”Joe笑了。

我忘记聊到了几点，旁边打游戏的瑞萍一直没有说话，但我知道，她也是在陪着我。

然后我跟瑞萍回家睡觉，我死活要睡在她房间的地板上，似乎这样就能安心些。

我再也不想自己一个人。

十九日的清晨下雨了。淅淅沥沥，阴阴沉沉，天空看起来很不干净。

我离开瑞萍家，和Joe还有大头去集集小镇吃个早饭。

坐在靠窗的桌，能望见街对面的内衣店。

他们不停地说："时敏啊，生日快乐。"

大头还嘴甜地哄我开心说："杨大小姐今天很漂亮。"

我呵呵地笑。

没想到大头又补充一句："女人就是这样，也不管是真的假的，说漂亮肯定就相信！"

我一拳朝大头打过去，狠狠地瞪了他一眼，说："你以后能不能把你的第二句话都咽进肚子里？"

高大头就是这样的男人，第一句糖衣，第二句炮弹；第一句天堂，第二句地狱。

Joe指着对面的内衣店对我说："你知道不知道洪伟铭（猪少）有一次站在那儿看了半天，然后说出来一句'现在看这些，真的……太接近了'。你不知道他那个样子有多贱，时敏，你想想看，他那个头稍微歪一下，嘴巴半张不张的样子，有多贱！"

我哈哈大笑。

Joe继续说："再给你讲个好笑的。有一次大雄、良生、阿顺他们去吃日本料理，那时候大雄还不怎么吃生的东西，良生他们吃生鱼片，大雄叫了一碗什么牛肉饭来吃，很大一碗哦，他很高兴地全吃完了，还说了一句'饱了'。谁知道这时候良生叫服务员说：

‘小妹啊，刚才上的那些全部再来一份。’大雄连忙很紧张地跟着叫：‘那碗饭不要再上了！’你说好不好笑？”

我继续哈哈大笑。

忽然发现，今天的笑，似乎不用伪装。

“我也给你们讲个卤肉饭的故事吧。”我笑着看他们，“大头你有没有听说过？关于洪伟铭的。那是还在北京的时候，有一次我们去唱歌，那个KTV有自助餐嘛，洪伟铭给自己端了一碗卤肉饭，还没开始吃，就轮到他的歌了，然后他把饭搁在一边去唱歌。这时候灿灿走过来，也不管桌上的饭是谁的就开始吃。灿灿不吃肥肉，所以咬掉瘦的部分，把肥的都吐了，而且是吐在碗里边。当时谁也没太注意。更不知道发生了什么，等洪伟铭唱完歌，回来吃他的卤肉饭，吃了半天对我说，‘这卤肉饭好吃是好吃，就是太肥了点。’我当时有点模糊的意识好像记得这碗饭灿灿也吃过，于是便把灿灿叫过来一问，果然是。哈哈，这事儿被我们一直笑了大学几年。”

大头差点把他嘴里的饭喷出来。

彼时，我们三人，要了三碗集集小镇的卤肉饭。

大落地窗外的雨一直淅淅沥沥地下着。

窗内的我，终于和大家笑在一起。

在回厦门的路上，我收到爸爸的短信，他说：“敏敏祝你生日快乐不平凡的生日更应该珍爱生命热爱生活造就不凡的人生。”

老爸的短信从来没有标点符号。我凝视这些字的目光移出车窗外，眼里的雾气和那窗外雨中的世界模糊成一片。

彼时正是汶川地震的第七天，全国默哀的第一天。报纸上失去亲人的人们呼天抢地的脸把我的眼泪映衬得卑微又渺小。啊，是爸爸提醒我，我心中的疼痛跟生命比较，多么微不足道。

旦夕祸福我们无法预料，不知道什么时候就和这个世界说再见了。活着的人，为什么不努力让自己开心些？

谁都有痛苦。谁都会哭泣。

我们都是凡人。

但一切痛苦和灾难总会过去的。

勇敢点，即使哭泣，也要绽放坚强的自己。

我对自己说，时间会带走一切，那些伤口渐渐愈合，不再痛楚。那些甜蜜却会永远留在我心里。

就像现在下雨，总会停的。雨停了阳光就出来了。

所以，真的生日快乐吧。

让我期待那快乐的二十四岁。

eighteen
情歌没人听，我也唱得动情 :: 18

听闻闽南那边对几个日子特别注重，孩子满月、周岁、十六岁生日、结婚。

今天，良生在石狮办儿子的周岁宴，这是老大家的大日子。为此，猪少特地从深圳飞了回来，我也被邀请了。

下班后，我打车去西堤跟国清会合，说好今天要坐他的车一起去石狮。在路上，我突然想起猪少说过的“时敏怎么像个行李，成天被人载来载去”。

呵呵，我像个行李，而国清像个小孩子。

一路上国清都在叫“冲啊！冲啊！”还自顾自地发出其他奇怪的声音。他不像在开车，倒像在游戏厅玩某种实况赛车游戏，左闪右躲，全情投入，超过了对手便叫好，惹得一旁的我一直想笑。

真是个可爱的男人，虽然长了一米八几的大高个子。

刚进酒店的大堂就看见穿着大红T恤的良生，他胸前还戴着一朵红艳艳的胸花，上面写什么字我忘记看了，总之像极了大喜的新郎官。再看看他家里的其他人，也穿着清一色的红色衣服，胸前也都戴着花，在楼梯口招呼客人。

我第一次看到这样的场面，好奇地跟在国清身后上楼，进到酒宴大厅，不住地东张西望。大家都已经坐好了。

而这时，我看到了大雄。他对我点点头，我对他笑了笑。我还来不及反应，他就已经走开了。

我看了一眼他的背影，转过头对着我熟悉的一桌人大嚷一声："我坐哪里啊？"刻意上演的戏码，十足蹩脚。

Joe忙把瑞萍旁边的位子让给我，自己跑到对面坐下。

我挨着瑞萍坐下。我的另一边是阿毛，他一看见我就迫不及待地掏出手机，给我念他新收到的冷笑话。

猪少穿着那天我们一起去买的T恤，粉黑相间的横条，挺好看的。他说："时敏，你没发现你一来大家都自觉起立呢。"

黑猪讨好道："你好像瘦了。"

我笑得很夸张。

阿平剃短了头发，却留长了胡子，好似爷爷那样一脸慈祥地对着我微笑。他仿佛永远也念不清我的名字，他说："席（时）敏啊，怎么里（你）一来就问坐辣里（哪里）啊？太搞笑了，啊——"

我很搞笑吗？看，阿平也看出我的蹩脚。

我说："我都饿得胃痛了呢。"

瑞萍笑我，说："你太笨了，这边的酒宴都是晚上九点才开席，大家都会先吃点东西的。"

说着钱筒也来了。

一桌我再熟悉不过的面孔。我和他们大声聊啊笑啊，一时间，喧闹无比。

大雄也许就坐在我背后的那一桌，我却不敢回头望。

九点整，鞭炮声响，没有心理准备的我被吓了一跳。然后，服务员列成长队，每人手里都端着一大盆寿面有序地走进来，后面跟着良生和大嫂，还有他们红艳艳的一家人。

这个时候我才看到今晚的主角——小家豪。奇怪的是，他被打扮得异常朴素。这本是属于他的大日子，他却低调地躺在穿着大红裙子的妈妈怀里，睡着了。

我依然好奇地东张西望，不停地问瑞萍这是什么那又是什么。

我们小声说话，大声笑。

有的时候，我以为背后坐着的那个人，是可以遗忘的。

宴席才刚开始，就有人端着酒过来我们这一桌，敬酒或者划拳，浅尝或者干杯。我惊讶地发现突然有一桌人全部消失了，然后全挤到另一桌去喝酒聊天。

后来我才从Joe那里得知，这里办酒宴，气氛是否热闹非常重要，这也关乎主人的面子。因此做兄弟的在这样的大日子一定要在场，并且要跟其他来宾喝酒划拳，把现场的气氛烘托起来，越热闹越好。只有这样，酒宴才算办得成功，才有意思，主人脸上才有光。

我们这桌的男人，一个晚上也消失了好几次。他们跟其他桌的人们拼杀在一起，剩下了一大桌菜，没有人吃。我一直大叫浪费，把菜分到大家碗里，然后让回来的人全部吃干净。

瑞萍说：“傻妞，你要习惯，这里都是这样的。”

忽然，瑞萍回头不知道冲谁笑笑，她勾勾手指，指着我们这里的方向。我终于忍不住跟着她回转头，我看见了大雄。他的脸上没有任何表情，他在我们的注视里起身，离开座位，然后走了出去。

“大雄说他有事，先走了。”瑞萍对我说。

“哦，这样。怎么都不说个再见呢。”我叹口气，“这男人，呵呵。”

大雄走后，我终于没再夸张地大笑。

我们一直坚持到酒宴的最后。等大部分人散了以后，我们跟着良生去了酒店楼上的KTV。

其实那是像夜总会一样的包间，每个包间里还有专门的女侍应生招待客人。包间的灯光昏暗，天花板上嵌着璀璨的球状灯，散着微蓝的光。电视屏幕很小，点歌只能用遥控，两只麦克风如果挨得太近会发出“吱”的刺耳声响。

没有人唱歌。男人们都聚在茶几前激烈地继续着刚才的战役，似乎誓要分个你死我活才肯善罢甘休。

阿毛和阿平都有点醉了，阿平一直在叫“席敏啊席敏啊”，我应声过去，他也没有一句话跟我说得完整。

猪少和良生把骰盅摇得噼里啪啦地响，然后狠狠地扣在玻璃茶几上，骰子再次撞出清脆的声响。茶几旁堆着整箱整箱的啤酒，喝空的绿色酒瓶排成排，靠墙站着，在墙脚里折射出碧绿的光。

瑞萍也许觉得无聊，坐了一会儿，就拉着Joe一起先回家了。

还好我可以点歌来唱，虽然这里的麦克风经常会突然没了声音。但我想总不至于太无聊吧。

歌没有刻意去点，都是随机放的，是老歌，阿妹或者王菲，都伤感得很。

我也随机去唱，一首接着一首。

没有人听，我也唱得动情。

其实并不像有些人说的，难过的时候觉得歌里唱着的都像是自己的故事。

只是那歌里的情绪，隐藏着丝丝心痛。

后半夜的时候，阿平和阿毛撑不住，也提前走了。

我也把嗓子给唱哑了，窝在沙发里给大头发短信，我说："我今天晚上特别想回家。"

他回答说："你是觉得累了。"

我鼻子一酸，落下泪来。于是赶快站起来，走去洗手间里，偷偷大哭了一场。

抬头看见镜子里的自己双眼通红，顿时觉得丑陋无比。

我不忍心再看，推开洗手间的门出去，不料猪少正站在门口，我那狼狈的模样被他看在眼里。

他摸摸我的头，什么都没有说。

在这个大日子里，我做的，尽是不搭调的事。

nineteen
19 :: 人唯恐少陪伴，尤其是当坏事临近

在厦门的湖滨西路上有家酒吧叫杜尚。

撇去别的不说，名字就挺吸引我的。

以前学油画的时候大概了解过一些。杜尚是二十来岁就成名于巴黎绘画界的先锋派画家，却在最红的时候放弃绘画，开始探索用其他手段表达自己对艺术的看法。这位有传奇色彩的艺术者，他的作品打破了传统观念，赋予了艺术自由的生命。我欣赏他作品里表现出来的不羁的态度，带着浓厚的后现代主义作风。

我想，取这样名字的酒吧，应该也是想继承这样一种精神吧。

今天，良生、阿顺还有Joe和我一起回厦门，我趁机跟他们一起来杜尚酒吧满足下好奇心。

同行的还有国清和灵秀，和之前见过一次的龅牙妹。

杜尚的确是有它的特别之处的，没有让我失望。

这个酒吧并没有沙发卡座和跳舞的吧女，简单的小玻璃高脚台让我更觉得舒服。木质的地板，木质的高脚凳，木质材料搭建的舞

台上挂着黑色大齿轮和其他的铁艺装饰，有点后现代工业设计的装修风格，怀旧又时尚。四周的墙壁和柱子，被围上形状各异、大小不一的银幕，放映着西洋面孔热舞的MV，配合天花板洒落的彩色灯光，很是洋气。

音乐是这里的另一个亮点。不管是Trip-Hop、R&B、Hip-Hop，或是由杜尚的歌手演绎时下流行的歌曲，都让人忍不住摆动身体跟上节奏，合上几句。

我见到了传说中把黑眼豆豆的歌唱得出神入化的主唱。一个瘦瘦小小的身躯居然拥有这么大的爆发力，中气十足的嗓音把现场的气氛掀起一个又一个高潮。聚光灯下，这位主角在台上唱到青筋突出汗珠闪亮，我们在台下频频竖起拇指送去赞赏的目光。Joe说他有个冲动，很想跟主角击掌。

酒吧也许就是这样，让人用另一种方式得到快乐。因为嘈杂拥挤，让心事也找不到藏身之所，只能被迫暂且抛开。于是，越来越多的人，选择在这里放松，寻找短暂的快乐。

我仍然没有喝酒，因为酒本来就难喝，心情不好的时候只会更觉苦涩。而且我也不敢喝酒，我需要清醒的头脑来控制情绪。

喝兴奋了的人们在笑，我也跟着笑，也不去想为什么笑，好像笑得多了会以为自己本来就很开心一样。

灵秀问我大雄为什么没有一起来，我也只是笑。

原来，我在外人看起来，和从前没有什么两样。

这样多好。

骰盅，石头剪刀布，黑白，传纸条，美女帅哥们都玩得很尽兴。

有好玩的事发生。

玩黑白的时候Joe偷偷跟我说："一开始出黑，肯定会赢。"

我说："是啊，多明显的规律，但是搞不懂为什么一开始大多数人都会出白。"

在我和Joe达成共识后，我们接下来的每局几乎只伸手背，果然都以最快的速度逃离喝下半瓶酒的厄运，屡试不爽。

不道德的是，每次还要跟其他一起出手背的同志们激动地击掌庆祝这好像来之不易的偶然胜利。

虽然我们行为上没出老千，仍感觉像在作弊。

可马有失蹄。有一轮反了规律，伸手背的占了大多数，最后剩下我和良生用石头剪刀布一决胜负。

看着半瓶兑了绿茶的芝华士，我皱了下眉头，真是有点恐怖。谁想到良生这时跟我说："小敏，等下你出剪刀，我出布。"

"哈哈，老大，我们都爱的老大。"我忍不住抱抱他。

佩服老大的人气，更佩服他的精力，在前一晚喝到早上五点才散场的他，今晚依然可以做一群人里面最活跃的那一个，自己要玩得开心不说还要以带动大家开心为己任，实在厉害。

转眼到了凌晨，我有点疲惫，便问国清："你明天要上班吗？"

他点点头苦笑，我突然心里就踏实了。这是什么心理？

我想，人也许唯恐少陪伴，尤其是当坏事临近，即便只是心里知道有人跟自己同样的处境，也会觉得一切不算太坏。

离开的时候，良生对我说杜尚是个让人不想回家的地方。

我承认有时我也更喜欢热闹。

只是害怕热闹过后的寂寞。

那寂寞，像涨潮的海浪，把沙滩冲刷成一片荒芜，没有脚印证明我曾经来过。

也像升腾的黑夜，把短暂的夕阳，吞没，吞没。

回家时已是凌晨三点。

喧闹过后有点失聪，偏偏我的周遭又过于寂静。

Chapter 3

Beyond the Time Heart Calls

心里有些伤口，愈合需要很久

twenty
20 :: 芥末眼泪

五月十五日已经过去十天了。

我在日记上写着："生活总在继续，我不要停滞不前。"

虽然彼时，我生活的重点已经由厦门转移到了晋江。

我有点悲哀地发现，我的生活继续下去的条件里，多了离不开人的陪伴。

又是一个猪少从深圳回到晋江的周末。

又是一个我在瑞萍家的周末。

一大早，猪少打电话给我："中午来我家吃饭啊。我爸妈都去厦门了。"

我问："那我们吃什么？"

猪少答得一点都不含糊，他说："你做啊。"

我……

虽然无语，但猪少的要求总是没办法拒绝。我在猪少家对着塞满了食物的两个冰箱发愁，还好突然停水了，想做也做不了，我心里偷笑个不停。

“时敏啊，先把这袋骨肉相连炸了给我们吃。如果十二点还不来水，我们就出去吃。”猪少又有新的提议。这厮对我，一点也不客气。

我只得接了过来。

Joe和瑞萍感叹道：“你上辈子是欠了他的？”

我用家里储藏的水洗干净平底锅，烧热，放一勺油，将骨肉相连成串排好，煎成金黄色，香气四溢。然后我熟练地自行取盘子盛好，拿几双筷子，端出去放在茶几上，这里俨然成了我家的厨房。

他们三人把一大盘子骨肉相连吃得精光。

我很满意。

看可爱的人们吃我做的食物，也是享受的。

还是没等到来水，我们中午去了一家叫食鼎记的饭店。这个饭店有很多创意私房菜，带点中西合璧的味道，再配上小资点儿的菜名，很有人气。

我们大快朵颐，酒足饭饱后，开着车去万达看电影。

吃喝玩乐或许也是生活的一种状态。我想，我不要因为被悲伤牵绊而被这种状态抛弃。

“我们看什么？听说《黄金罗盘》和《钢铁侠》都还不错。”我征求大家的意见。

猪少说：“《钢铁侠》我已经看过了。”

Joe不屑地说：“那再看一遍嘛。”

瑞萍也来帮腔：“就是，再陪我们看一遍！”

“不然我们看《龙之战》吧。听说是韩国历史上耗资最多的电影啊。”猪少显然不理会他俩的意见。

“《龙之战》，听这个名字我都不想看。”我说。

“是啊，多土！”Joe总是站在我这边。

“只有参加过歌咏比赛的人才会想要看《龙之战》。”我突然抓到了猪少的把柄。彼时，猪少刚参加完深圳某厂职工的卡拉OK比赛，虽然得了第一，却被我们嘲笑不已。

“好啦好啦，怕了你们了，看《黄金罗盘》吧。不要对我那么残忍嘛。”

终于一方让了一步，去看噱头同样惊人的《黄金罗盘》，结果也不过如此。

《黄金罗盘》是典型的美国大片风格，正义的力量属于起先弱小、很不起眼的一方，但因为神圣的使命感和超人的毅力而迅速成长，最终打败了几乎不可能消亡的邪恶力量。在片尾又刻意留下伏笔，为拍续集做好铺垫。

这个电影，竟然没让我开心起来。

是电影不够精彩吗？还是我的坏心情让我过于挑剔？

电影散场后，Joe和猪少先走了，瑞萍和我坐在地下一层的寿司店聊天。

又是一个雨天的周末傍晚。

我和瑞萍对着一排嵌着热带鱼和水草的玻璃屏风，大嚼寿司。

我问瑞萍：“这个周末的我和上个周末的我，你觉得哪个比较开心？”

瑞萍说：“这个周末的明显好很多。”

我笑笑说：“真的？真好。”

瑞萍侧过头来问我："你来福建多久了？没多久吧？"

我夹一大块生鱼片放进嘴里，说："嗯，二月二十九日到的。不到三个月。"

瑞萍惊讶地说："怎么感觉好像来很久了呢？"

我也疑惑了。怎么才不到三个月？我感觉似乎我的生活已经天翻地覆地更改过几遍，应已是年轮飞转，光阴变迁。怎么会不到三个月的时间？

我想了很久后答道："可能发生的事情太多了。"

瑞萍喝一口大麦茶，若有所思道："真的太多了。"

她忽然间又问我："你会不会觉得我们这里的人想得太多，顾虑太多，没有你的想法那么简单直接？"

我知道她指的是什么，我苦笑道："我在我们那里何尝不是异类？"

瑞萍说："你看你，你都误导了我们。我们还以为福建以外的人都像你一样。"

我不禁乐了。我来福建苦苦追寻的，不正是一个同类人？

我忽然之间想到一句歌词：我和谁在谈恋爱，有什么大惊小怪，反正下一秒钟的我，早已，早已离开。

热带鱼不知所措地在我面前游来游去，我险些被芥末呛出眼泪。

twenty-one
21 :: 时而模糊，时而清晰

在Joe的公司楼下，有个我很有感情的台球馆，这也是在晋江我最熟悉的活动场所。

这个台球馆开在捷龙超市和欢唱KTV的楼上，并不大，案子和杆也属一般，但是地理位置对我们来说是极好的。Joe的公司通常是大家约定集合的地点，人还没到齐的时候，先到的人一般都会去这个台球馆打上两杆。

碰到不知道该玩些什么的日子，我们也会选择在这儿打发时间。

Joe在这里教我打球，我进步了不少。

第一次来这儿的时候，我在这里赢过猪少。

生日的前夜，我在同一张台球桌上打得一塌糊涂。

等待的时候，无聊的时候，开心的时候，难过的时候，都是这里有过的时候。

普通的地方会因为有了特殊的意义而变成某段记忆的标志，而这些标志都是打开那段记忆的钥匙。

正如在我未来的生活里，不管是在哪个城市，经过台球厅时总能想到晋江，想到Joe公司的楼下，还有，一起打台球的人们。

今天晚上一起打台球的，是我和Joe，还有大头。

我打球出杆的时候总容易晃，偏离本来瞄准的方向。但是今天晚上，我的状态不错，居然连着赢了两个男人四局，我笑言是我的小宇宙爆发了。

Joe就惨了点，一个晚上跟“黑8兄”过不去，好几次风卷残云地扫完自己的球，满以为胜利在望，结果不是打黑8的时候进白球就是把黑8打进错的洞口，冤得直跳脚。本来Joe应该是我们三个人当中水平最高的，就这样委屈地连连败退。一整个晚上，Joe脸上都挂着怨妇的表情。

大头犯了几个低级的错误，惹得我们捧腹大笑，几乎蹲在地上。好几次，大头对准一个球，精心计算半天，却由于太过谨小慎微，以至于白球还没碰到目标球就戏剧般地停了下来。

但是除去这些可爱的错误，今晚，大头也叱咤风云地轮流虐了我们一局又一局，甚至一杆扫完也不是偶发的事件。我发现他属于后来居上型，总是在还剩下五六个球的时候突然改变局势，让人大跌眼镜。

我忍不住一次又一次去查看台球桌，质疑道：“大头，这张桌子不会是你昨晚特地来拜过的吧？”

Joe更是愤愤不平道：“我就是觉得诡异！肯定有鬼！”

大头忍不住嘿嘿直笑，然后一脸贱样地说：“拜托你们两个争点气，换我休息休息好吗？我一直打，真的很累！”

如此招骂之人，必群起而攻之。

Joe又跟我统一了战线，他狠狠地说："时敏，你先在旁边休息会儿，我要让他闭嘴。"

大头耸耸肩，用不屑的口气说："来啊，你来啊！"

两个男人之间的战火熊熊燃烧，把我撇到一边开始单挑。

满桌的彩色圆球气势汹汹地滚来滚去，我看着两个男人脸上认真的表情，忽然觉得，其实每个男人的心里都住了个孩子，时不时地露出孩子气的一面。

而认真的男人，着实可爱。

两人就这样单打独斗到了凌晨两点多，小宇宙爆发完了，回到现实世界中，那就是饿了。

我们直奔莲狮的面线糊摊。

灯火通明，人来人往，大排档的生意正旺。

这条街是晋江最火的小吃摊，面线糊、海砺煎、烧肉粽、牛肉羹……一字排开，上次Joe和瑞萍带我来吃的沙嗲面也在这条街上。这些小店白天不开，专做晚上的生意，已是凌晨两三点，这些店铺依然门庭若市，水蒸气在炉子上热闹地翻滚扑腾，好不精彩。

面线糊是Joe的最爱。白色的面线像头发般纤细，用开水烫熟后盛在碗里，浇上高汤和自选的配菜，最后滴上两滴香油，清淡鲜美。Joe和大头吃面线的时候都喜欢配两根油条，蘸着汤汁一起吃。

三人一顿狼吞加虎咽。

我抬起头，看着对面的两个男人，说："今天是五月十五日以后，我在这里最开心的一个晚上呢。"

Joe故意打岔，说："打台球侥幸赢了两回就把你高兴成这样！"

大头则问："这两天感觉怎么样？"

话题扯开了。

我告诉他们说我这些天都干了些什么，和什么人一起，看到什么，然后又想起了些什么。

Joe和大头也聊着他们的上个礼拜。

原来不管男人还是女人，大家都是一样的。

每天都有为之微笑和皱眉的事。

Joe说："其实时敏，如果不是你说出来，我真的看不出你难过。"

大头也点点头说："确实。杨大小姐老是哈哈地笑。"他又补充，"不过这也是杨大小姐的风格嘛！"

我不置可否，说到今天下午的事。

"今天是我第一次去良生的公司，执行董事的门牌让我无法把那个爱听冷笑话的老大联系在一起。看良生和他的员工谈话，我虽然听不懂，但是看他严肃的表情，我觉得好像以前认识的那个不是他。"

Joe笑道："在那个环境里，你还想他跟你嘻嘻哈哈？"

"是啊，所以嘛，跟你们在一起本来就开开心心的，我干吗要摆出一副难过的样子？"我反问。

也许每个人都有很多面，我们会在不同的场合，不同的人面前，选择最适合的那一面出现。

"那说明你还没把我们当成最熟的人。"Joe说得很尖锐。

我一时语塞。

"你在那只猪面前肯定不是这样。"Joe指的是猪少。

"也不是，时敏只是不想太多人担心嘛。"大头拍拍我，继续说，"记得啊，我许诺给你的那个权力，撑不住的时候记得打电话给我。”

我点点头，看着他们。我想，如果可以，我希望永远没有在他们面前哭泣的时候。

只记住我的笑多好。

旁边的矮小木桌换了一拨又一拨客人，停在路边的车从银白色换到黑色再到大红色。

明亮的白炽灯泡照着炭炉前忙着烫面线的老板娘，蒸腾的白色雾气让排队等候的客人们时而模糊，时而清晰。

这里热闹得如同白天挤满了推车小商贩的闹市街道。

我们继续交换一些故事，以及彼时的心情。

像青涩的年代里，我和好友交换日记，总在对方的生活里找到自己的影子，也许那就叫共鸣吧，感觉很窝心。

我们为什么会难过呢？

也许不仅仅是因为现实本身跟我们想象得不一样。

为什么会烦躁呢？

也许只因为这是个什么都还没定性的年纪，成长总要伴随痛苦的蜕变。

为什么会有压力呢？

也许是因为大环境，亦或是来自我们自身的潜意识目标？

有难过，有烦躁，有压力，现在进行时的生活少不了这些不好的情绪。所以我们爱回忆，从童年干过的蠢事到学生时代的悠闲日子，从儿时眼里无所不能的老爸到现在玩笑话中没时间再做选择只能将就着相处的损友，原来我们都拥有那么多幸福的故事。

为什么我们总觉得过往的时光比现在的快乐？

唐诺说过：“所谓最好的时光，是指一种不再回返的幸福之感，不是因为它美好无比从而我们眷念不已，而是倒过来，正因为它永恒失落了，于是我们只能用怀念召唤它，它也因此才成为美好无比。”

我一直认为在北理的四年是我最好的时光，远比现在快乐。

但谁又能够保证，多年后当我回忆起晋江这个路边的面线糊摊，不会把它定义成我最好的时光呢？

或许日子就是这样的模式，每个阶段，每种状态，事业起落与否，工作是否顺心，有没有伴侣，都会有特定的烦恼。食人间烟火的，都逃不掉。只是人心本善良，回忆起过往，容易放大快乐，模糊掉悲伤。

不知不觉，我们聊到天都要亮了。

面线糊摊的白色雾气变小了，老板准备打烊。

我说：“像这样聊天，感觉真好。这真是个适合聊天的晚上。”

大头夸张道：“也要有你这个悟性！此女只能天上有啊。”

Joe一口喷了出来，说：“以前你形容我们班那个叫什么什么的恶心女人，特别丑的那个，也是这么说！”

我却欣然接受，说：“行，以后就叫我杨仙女。”

离开面线糊摊，我发现胳膊上多了几个大包。

闽南的蚊子，挺狠的，连仙女都不放过。

twenty-two
22 :: 两个人，加一个动物

二〇〇八年六月一日下午一点多，我和Joe还有大头一起过儿童节。

今天并没什么特别，早过了为儿童节兴奋的年纪，写下来，只是为了记录一个讨打的人和一件讨打的事。

睡到中午醒来，Joe问我："好饿啊！想吃点什么？"

杨大小姐坦诚地说："我什么都想吃。"

大头提议道："我想吃西餐。好久没吃牛排了，去吃西餐吧！"

还没等其他两人回应，大头继续说："西餐……你们可以的哦？哦，对了，Joe不爱吃西餐……那找个有中餐也有西餐的地方，让Joe吃中餐，我们吃牛排。"

Joe只得说："那就去元品咖啡吧，中餐西餐都有。"

杨大小姐低声说："我饿了什么都想吃……"

大头止不住地碎碎念："真的好久没吃西餐了……几个月没吃了吧……真的很久没吃了……突然好想吃……"

几分钟后，饿红了眼的三个人杀到元品咖啡。

穿着黑上衣打着绿领结的服务生摆出招牌的笑容问走在最前面的Joe："先生，请问几位？"

Joe没好气地答："两个人，加一个动物。"

我和Joe选了楼上的沙发座。"动物"跟着我们上来，安静地坐下。

服务生拿着菜单守在一旁，等着我们点菜。

Joe随便扫了一眼菜单，大声说："蜜汁烤排骨饭，快点！很饿！谢谢！"

杨大小姐故作优雅地说道："我要海鲜比萨，离开北京就没吃过比萨了。"

Joe催促大头："畜生，你快点啊，你不是要吃牛排吗？"

大头这才从菜单上移开视线，缓缓地说："啊，服务员啊，麻烦要这个，墨西哥焗田鸡饭。"

众人沉默了两秒。

杨大小姐终于忍不住，小声说："你不是一直说要吃牛排吗……"

Joe一巴掌打过来："贱人！吵着要吃西餐，来了这里居然点个饭！"

大头完全不理会，自言自语地说："我真的很喜欢吃芝士啊、奶酪啊这些东西的，有这个拌在饭里，嗯，不错……必胜客那个芝心比萨，你们知道的哦，哈哈，蛮对我胃口的……"

儿童节大餐，在怒骂声中落幕。

twenty-three
23 :: 没有人知道终点会落在哪里

粽子节快到了，打着散心的旗号，我们预谋了很久的深圳行终于成行。

六月六日早晨，我从厦门到晋江先和Joe还有瑞萍会合。我见识到了小长假前长途汽车站里吓人的一幕：只见十几个售票窗口前排队买票的人都排到了大厅外，窗口售票员的话筒里不停传出“没票了”“满座了”之类冷冷的言语，人群里挤满了焦急的脸，更添恐慌的气氛。

阿弥陀佛，我还是幸运的，虽然有点小波折，但最后还是顺利地买到票上了车。

假期，也成为借口。从厦门到晋江，车慢慢悠悠地开了两个小时。

我心急火燎地一路看时间，终于到了晋江。

临行前的晚餐是我做的。打开Joe的冰箱，只有一个鸡蛋，两个西红柿，两个鸡翅，一根黄瓜，一团卷心菜，我全做了。无奈

Joe的电饭锅坏掉了，浪费了好多洗好的米，最后还是叫了楼下的外卖。

我们狼狈地吃完饭，钱筒送我们去高速路口等车。

在车上我打电话给大头说："今天因为你不去，我们取消去深圳了。晚上打算去石狮找你打台球呢，顺便让你请吃夜宵啊，你等着。"我们怂恿了大头很久，想让他跟我们一起去深圳，不料最后还是被大头放了鸽子。

大头明知道我在骗他，还故意配合我说："好啊，好啊，我吃两个汉堡，你吃什么？"

这个男人，真让人扫兴啊。也许他是真的身不由己吧，但不是每次说完下次就一定会有下次。

这个道理我从大学毕业那一年就懂了。如果可以，想到就去做。往往说完下次就没了机会。

大头的语气其实也带了遗憾，他愤愤地说："没有我，你们分分钟都会玩得索然无味。"

我安慰道："放心吧，我们一定会克服你不在的无趣。"

其实我心中的潜台词是："去死吧。嘿嘿，我根本就兴奋了一路。"

我第一次坐这种长途卧铺巴士，床都小小窄窄，硬邦邦的，躺着并不舒服。但也不在乎了，反正这一晚我那像在吗啡里泡过的活跃神经也没打算让我睡着。

两条走廊，三列床铺。瑞萍睡在中间，我和Joe靠着窗。

我撩起窗帘看路边的景物匆匆倒退，车窗外正下着暴雨，灯火模糊。那是另一种奇妙的感觉，仿佛时光倒退，穿过记忆中旖旋的景象，而这趟带着冒险色彩的旅行，没有人知道终点会落在哪个地方。

我兴奋地频频向瑞萍和Joe招手。我的这场旅行，换了新的旅友，却还是那句不变的老台词，我不停地问着瑞萍和Joe："你高不高兴？"

我的手机突然响起，一条新短信。我一看，短信居然是来自同一辆车上的Joe，他说："我一直兴奋地乱看，别人肯定把我当小偷了。"

我又忍不住一顿狂笑，原来兴奋的时候笑点都这么低，一触即发的。我回他："那你高不高兴？"

瑞萍知情后笑骂道："你们有病啊。"

然后和我们笑在一起。

三个人，真像是生了病。

十一点多的时候车突然停了，我们睡眼惺忪地被赶下车，听说是车上有人要下去吃夜宵，为了保证乘客的财产安全，车上不许留人……好吧，我们揉揉眼睛，也跟着下了车。

在就近的小卖部里，Joe泡了一碗康师傅红烧牛肉面，加了个卤蛋，吃得正香。我和瑞萍看着他吃，然后聊些可能只有我们才觉得有趣的话题。

突然，瑞萍起身跑到门口，踮起脚左看右看，我打趣地问Joe："喂，你看你女人在那儿看什么，在欣赏什么好风景吗？"

然后我嘿嘿笑着走过去，也顺着她的方向左看看右看看。这时候，这女人转过头来看着我，一个字一个字地说："我们的车，好像不见了。"

晴天霹雳。

我看到刚才停车的地方，真的已经空了。

这正是一个大雨夜，我们正在前不着村后不着店的地方，还有我们的行李……一时间，我彻底清醒了。

我冲Joe大叫一声："我们的车没了！"随即拉着瑞萍跑出去，去停车场里一辆车一辆车地仔细找。我的心，慌得厉害。

善于想象的我，已经想到接下来可能发生的事了，我们也许要在路边拦下一辆过路车，央求好心人送我们回去，如果没有过路车，那我们只得在车站里过上一夜。或者，我们能在这个时候把谁叫起来，然后开车到这荒野之地接我们回去。

我的脑子一片混乱。

突然我眼前一亮，喊道："我们的车！"我们终于在一个角落里找到了。

原来司机换了个停车的地方，没通知大家，虚惊一场。

我们长吁一口气，愤愤然，边骂司机边走回小卖部，发现Joe依然在那里全情投入地吃面。

我忍不住叫出来："哇靠，你一点都不怕啊！"

瑞萍也一掌打过去，叹道："你这男人！"

Joe喝一口汤，抬头说："肯定没事啦，人家车要走的时候肯定会四周叫一下的。其实啊，跟你们说，我是看到几个跟我们同车的人了，就知道我们的车肯定没走。"Joe说完，夹起剩下的小半个卤蛋放进嘴里，满足地擦擦嘴。

事实曾无数次向我们证明，男人总是比女人沉得住气。

虽然我不愿意承认，但瑞萍这时又把这个结论摆在我面前，她说："我还是不放心，我还是要出去盯着车。"说完，又跑了出去。

Joe得意道：“其实出来玩带着瑞萍挺开心的，因为自己可以什么都不用操心，哈哈。”

这次我终于倒戈到男人那边，点点头，说：“嗯，让她操心好了。”

被这么一吓，我更睡不着了。

大雨猛烈地砸在铁皮的车顶上，噼里啪啦的，像有节奏的鼓点，一路跟着我们。

我躲在被窝里听mp3，一边拿出打印好的歌词，借着车窗外时而闪过的灯光，偷偷学唱一首闽南歌——《雨水我问你》，准备第二天去深圳的钱柜给我的闽南朋友们一个惊喜。

twenty-four
一点新一点旧 :: 24

到深圳石岩的时候是早上六点，雨停了。大概因为是郊区，空气很好，四周都是树，一片郁郁葱葱。

迎接我们的猪少终于出现了。

“你们的待遇很高啊，我很少亲自出来接人的！”他像是给了我们莫大的恩惠。

“你拽个屁啊！现在才出来！”这样的态度引起了客人们的公愤。

我们还没完全清醒，背着行李，深一脚浅一脚地跟在猪少后头。

这里真的是郊区，四周荒凉得很，零落的几间店铺散落在矮矮的院墙前头。还没到开张的时候，铁皮的门脸紧锁着，门前悬挂的招牌寂寥地守着这条凄清的小路。只有一家卖包子馒头的小店开着，老板掀起银铝皮的圆形锅盖，热腾腾的水蒸气就猛地涌了出来。

我对猪少说：“看你这生活环境，怎么觉得你活得这么凄凉啊。”

他点点头道："我可怜啊！"

Joe忍不住骂道："你别装了啊，你这个凄凉的工作让你一个月回晋江一周，还给你报销来回机票，你还想怎么样？"

猪少被抓到了小辫子，只得收声，不再言语。

这里离猪少的住所还有一段距离，也没什么交通设备，还好拦到一辆摩托，来回载了我们两次，才总算折腾到了他的宿舍。

眼前是传说中的维珍妮厂，猪少整天挂在嘴边的工作的地方。

大，人多。是我的第一印象。

正巧碰上刚下夜班的工人，他们穿着统一的淡黄色制服，浩浩荡荡地走出来，甚是壮观。

工厂门口的两排小吃摊已经热火朝天地开始做生意了。

我们仍然迷迷糊糊地东张西望，梦游一般地跟着猪少进了宿舍。

宿舍正对着大门的那一席淡粉色落地窗帘让我直呼"变态"，来不及欣赏他的"闺房"，彼时我眼中只有已经打好的地铺，困得只想找地方躺下接着睡觉。

我们简单收拾了一下，套上新的被套和枕套，把闹钟调到十点，开睡！

我和瑞萍睡在地上，猪少和Joe睡在床上。

睡前的最后一个话题是从猪少那里传出的，他说："幸亏高大头那个畜生没来，你看我们四个人刚刚好，他要是来了还真不好睡！"

Joe也激烈地响应道："对，他要是来了就是个累赘！"

我懒洋洋地说："大头这次都没跟我们睡在一起，唉，关系都差一大截了吧。已经不能算是好朋友了哦。"

瑞萍也狠狠地表示赞同：“对，剔除他。”

而高大头也许并不知道，深圳的这一刻，发生了什么。

深圳行的第一站是维珍妮厂。

四个没穿工作服、没戴工牌的人大摇大摆地走在工厂里，从一个车间穿梭到另一个车间，引起无数人的侧目。

大概这些工人也不知道这四个人是何等来头。我们一脸正经地像在视察工作，很多人偷偷看我们一眼又赶紧埋头干活。

我们找人问路时，他们的态度都毕恭毕敬的。

工人或许对陌生的闯入者暗自唏嘘。这家厂却让我忍不住感叹，一件小小的内衣制作工艺原来这么复杂。光模型就分钢塑的、木质的，还有塑胶的几种，有些模型在机器里被不知名的白色浆液不停冲刷，有些则是人工剪裁挤压定型。从内衣布料的生产到最后缝上蕾丝和其他装饰，每一个步骤都是电脑和人工两方操作的结晶。至于更有技术含量的内衣设计，抗高温高湿环境等的测试实验，那则是更为繁琐和复杂的工作过程。

难怪名牌内衣价格高，因为物美，贵也有它的道理。

也难怪猪少可以神色平静地随手拿件性感内衣跟我们讨论这个款式的优劣。天天被这花花绿绿的内衣围绕，女人最亲密无间的衣饰也被这男人看得熟视无睹了。不好说，他还真可能会有点恋物的情结。

在维珍妮工厂的茶餐厅吃完午饭，我们坐厂里的小巴准备进关内。深圳的关内关外，也许像厦门的岛内岛外，差一个字，却是城市、乡村两个世界。

小巴在世界之窗地铁站停下，我们坐地铁到国贸站。

深圳的地铁只有两条线，在地图上排成一个拉宽了的X型。地铁票是个深绿色的塑料小圆牌。大概因为深圳的地铁修得比较晚，所以漂亮又干净，也不拥挤。

不像北京。

不知道为什么，我总是想到北京。

猪少说这次我们来深圳他最想带我去的地方是钱柜。

啊，钱柜，VIP的我来了。

深圳钱柜的国贸店和北京的雍和宫店几乎一模一样，也一样需要排队。推开旋转门，那熟悉的感觉，忽然把我淹没了。

大概再没有第二个KTV让我有这么深刻的感情了。

那些在这里喧闹或恬静的时光，那些在这里哭哭笑笑的日子，那些在这里陪我一起成长的人们。

之所以会觉得感情深刻，往往只因为感情背后那许多故事的沉淀。

老去后的某天若是回忆起青春的故事，这个KTV应该占了不少故事发生的场景吧！

钱柜的美食，钱柜的音响，钱柜才有的歌。

钱柜曾经的他们，钱柜曾经的她们，还有钱柜现在的我们。

一点旧一点新。

从钱柜出来已是华灯初上。

深圳的街道也比较窄小，弯弯曲曲的，穿插着一些高架桥和行车通道。四周的楼很高，繁华的都市一定要配上璀璨的霓虹，这是不变的规律。我觉得特别的是这里的住宅楼大多不是方方正正的模样，形状都不大规则，颜色也比较鲜艳，还带着入户花园或是爬着藤蔓植物。

这里说不好像哪个城市，也许哪个都像，哪个也都不像。这是被外地人建成的都会，也许没有多少本地的特色，从饮食到文化，到城市的模样，都可以找到其他都会的影子，当然了，香港应该还是这里氛围的主导。

我们找路人问路，四个人里面有三个人对我们说："我也是外地的，不清楚。"也许因此，这个城市不会让人有异地感，但或许也因为如此，才不会产生归属感吧。

twenty-five
25 :: 玩什么不重要，开心才是目标

从晋江坐十个小时的大巴来深圳，行程前后加起来花了六七个小时来打台球，这个代价是不是有点高？

谁让我们的导游猪少是个容易上瘾又专制的男人。

不知道是对之前在晋江输我两局耿耿于怀，还是自认为台球技术精进不少，猪少扬言要打败我们三个，让我们死得很难看。

几番激烈的拼杀后，我们宝贵的旅游时间在台球室里转瞬即逝。

也许玩什么不重要，大家开心才是目标。

我觉得只有猪少能激起瑞萍的斗志。

瑞萍也因为打球的姿势被猪少取笑，被冠上了“小超人”的称号。

我第一次打斯诺克，举着杆站在一旁，无奈地看彩色小球在偌大的桌子上跑来跑去，就是不跑进洞口，心中对丁俊晖佩服得五体投地。

只有Joe才是真正的好人，连对手都会得到他的提点。友谊真

正第一，比赛才是第二。可转念一想，或者只是因为我们几个的水平不足以让他认真比赛。

我又在Joe的提醒下进了一球。Joe惊讶地赞赏说："时敏，你的台球技术在来厦门后倒是进步了很多啊！"

我开心地笑着说："是啊，骰子也是在福建学会的呢。"

瑞萍责怪道："看，跟他们一起就是不学好。"

猪少说："还不够！一定要教会你玩福建麻将！"

"那我要是离开了这儿，老爸老妈问起我的厦门行有什么收获，我要说，收获良多，台球、骰子和麻将。"

众人大笑。

我却突然黯然。

因为忽然之间我意识到，我说到了离开。

twenty-six
26 :: 有人迷恋，有人厌烦

只能说，世界之窗是个哄小孩的地方，不知道为什么能成为深圳的标志。

吴哥窟，泰姬陵，悉尼的歌剧院，法国的凯旋门，意大利的比萨斜塔，希腊的雅典卫城……各国的名胜古迹被缩小比例聚集在一个硕大的公园里，犹如看模型一般，并没太大意思。我们一路走马观花，猪少因为之前去过欧洲那么多国家，有实地的经验和感受，才不停感慨，顺便也帮我们扫盲。

比起欧洲现代国家一目了然的浅色建筑，我更青睐非洲、南美诡异神秘的深色图腾。

大家说时敏就喜欢拍些怪的东西，猪少说我其实适合去巴塞罗那。

突然想到网站上看来的一句话：金牛座的人只对艺术和奢侈品感兴趣。

太热了，且没有风，汗全黏在身上。我在地上捡起一根干树枝把头发盘上。

在一个日式的园宫里，我们流连忘返，只因没出息地觉得那里的冷气凉爽。

看委内瑞拉山洪暴发的时候，我们才发现我们的伞都被猪少弄丢了。

接下来却意识到更为恐怖的事情，半天的工夫，我和瑞萍已经被晒黑了一圈。而身边两个男人，已然是两个碳棒了。

深圳的太阳，真狠毒。

没想到更狠毒的却是瑞萍。从侏罗纪公园出来，一只硕大的恐龙模型立在门口，脖子细长得有点夸张，努力地向前伸展着，穿过一片枝叶。我们这里最娇小的女人——瑞萍，突然发狠地一个字一个字地说：“我好想把它的脖子拧断。”

猪少这时沉重地拍拍Joe的肩，说：“保重啊Joe，小心家庭暴力。”

twenty-seven
27 :: 坐在巷子口的那对男女

其实在深圳我吃得最香的一顿是从世界之窗出来后，KFC的七虾汉堡和一杯冰咖啡。

太饿了。

所以觉得什么都好吃。

新出的汉堡盒上写着“奇珍美味，饕餮享受”。嗯，对于彼时的我千真万确。

看看Joe和猪少，也吃得很满足。只有瑞萍可以先放着汉堡不动，小口小口地在那里享受着她的冰激凌。

猪少说：“萍萍啊你慢点吃，再慢点吃啊，我想多坐一会儿。”

看看四周到处排队找位子的人，我酸痛的四肢爱死了这小口吃东西的女人。

好吃的东西大概都是值得排队的。跟在KFC排队等候充饥的心情不同，在万象城的满记甜品排队的我们抱定了去品尝美食的心，所以排得心甘情愿。

据猪少介绍，这是香港老字号的甜品店，在深圳有两家分店，万象城这家最火。

大概半个小时后，我们等到了四人的位置。

Joe忍不住又说了一句：“幸好大头没来，不然五个人的位置更难等！”

大家纷纷应道：“嗯，真是个累赘。”

红色的布沙发座，黑漆木桌子，鹅黄色的灯光，让这里的甜品看起来更有食欲。Joe要了芒果西米露，猪少要了红豆沙黑凉粉，瑞萍点的其实是我最想吃的杨枝甘露，我在猪少的专制要求下点了黑芝麻糊豆花，还有一份糖不甩大家一起分享。

我们埋头吃得很带劲，你舀一勺我的，我抢一勺你的。

我一直很喜欢这种亲密的人凑在一起换着吃东西的感觉。让我觉得，我们的关系，这么近。

晚饭是在听闻了很久的丰滑火锅解决的。

这是猪少说过的深圳除了钱柜之外第二个想带我去的地方。

这家火锅着实精致，菜都是用分格的白色瓷盘一个一个盛好，有的卷成寿司的样子，有的像极小巧的蛋糕西点，盘子旁边还有淡淡的插花装饰。餐厅四周的环境也是轻纱曼舞，灯光暧昧，所以我评价说，这是一家可以约会的火锅店。

火锅的味道也是很不错的，尤其是可以自选的三十几种酱汁调料，诱惑味蕾，大快朵颐。连我这对火锅兴趣一般的人，都赞不绝口。

我仔细看了看桌上的广告宣传卡，发现在北京的崇光百货也有分店，禁不住有点欣慰。

也不知道自己为何欣慰。

是心里那个回北京的决定已经萌芽了吗？

我是真的要离开眼前的你们，回去了吗？

我的心突然一阵酸涩。

深圳，南来北往的集合地，让我看到了太多北京的影子。

而我的心，已经不能自抑地开始重新关注有关北京的一切了。

twenty-eight
最恐惧的时候，往往是没有反应的 :: 28

一个人从北京跑到厦门，大家以为我是勇敢的。我是爱开快车的人，大家都以为我喜欢刺激。

但其实，我是胆小的，怕黑怕失重感，一般游乐园里普通的过山车也要挣扎半天才敢去坐。

所以进欢乐谷的那一刻，我就开始神经紧绷了。

偏偏我们玩的第一个项目就是极其猛烈的，听名字就知道，叫太空穿梭。大概是个像座椅一样的东西“倏”地从底座冲到高空，再迅速下降到底，然后重复，再上再下……直至停下来。

在排队的时候我就一直在观察从那个恐怖的机器上走下来的人面色是否正常，是否有人哭，是否走路还在打着晃晃？

太空穿梭的管理员倒活像个DJ，幸灾乐祸地调侃每一位神色各异的游客，一边对着麦克风跟音乐打着拍子。很讨打的是他每次说完“一、二、三，出发！”机器都会纹丝不动，然后在某一个大家都没有准备好的瞬间突然发射，有时候突然得让游客们连尖叫都来不及，一车人突然飞上去再掉下来，都鸦雀无声，估计也是吓傻了。

我在大家的威逼利诱下缓缓前行。啊，死就死吧，舍命陪这三个疯子，豁出去了。

到坐上太空车的那一刻，我特别想对那个管理员说："等一下你喊完一二三，如果机器不动，我下来就揍你！"

猪少坐在我和瑞萍中间，嘿嘿笑地对我们说："等一下你们一定要叫啊，越大声越好啊，这样才显得我很强，哈哈！"

……

对这男人，我经常语塞。

可还来不及骂他，我突然感觉到我离开地面了。

"啊——"我大叫，撕心裂肺，然后本能地闭上眼睛，双手死死抓住扣在身上的安全扶手。Good，我还能叫出声来，说明这个强度尚能接受。最恐惧的时候，我大概只能咬住嘴唇，期盼解脱的那一刻。

从太空车上下来，还好，一切正常。正想臭屁地赞扬自己以资鼓励，谁知瑞萍先开口了："你肯定闭眼睛了吧？你怎么能闭眼睛呢？太没意思了！"

我突然意识到，这次出行，自己可能选错了结伴的对象。

玩过之后，我觉得刺激程度刚好、他们丝毫没感觉后我更坚定了这个想法。所以之后的雪山飞龙（据说是欢乐谷里最惊险刺激的游艺项目，是升级版的过山车。座位设计是让人双脚悬空的，在最高处椅背将完全垂直，人大概会像铁臂阿童木一般俯冲而下）我死都没去坐。

而最好玩的应该是鬼屋和最后玩的激流勇进了。

进鬼屋前我们大概排了半小时的队。旅游是件辛苦的事，在黑黑的过道里排队的我们，都困了。在入口处，工作人员很出挑的一句开场白“见鬼去吧！”也没能让我们精神起来。

跟我们一起进鬼屋的还有三个不认识的女孩子，大概她们觉得前后有人比较安全，所以故意等Joe和瑞萍进去了以后插到了我们中间，我和猪少就这样跟在了她们后面。

她们万没想到的是噩梦就这样开始了。

四周寂静，黑乎乎的狭长洞穴内，猪少洪亮的嗓子突然中气十足地鬼叫了一声：“啊——哈——”我在旁边都打了个哆嗦，前面三个女生立马乱了，惨叫一片，不敢向前也不敢退后，最后无奈地抱头往前冲，猪少的鬼叫声从此就开始不间断地响起，没有规律可循，除了一声高过一声。苦了那三个女生，一路尖叫向前快跑，却在一个拐角处突然蹦出两个人影，又是猛烈地“哈——”的一声，我才发现那是瑞萍和Joe……

不知道隐藏在洞穴里扮鬼的工作人员有没有被我们吓到，我觉得我的同伴们比工作人员还敬业。我笑痛了肚子，直不起腰来。

可怜那三个自以为夹在两头人群里就能安全点的傻妞，太冤了。

可是，报应来得那么快，在鬼屋里整了别人，没想到玩激流勇进的时候我们就被人狠狠地玩了一次。

我们穿好雨衣全身武装，并为能抢到第一排的位置狂喜不已。在船俯冲的时候我努力睁开眼睛，看激起的巨大白色水花把我们包围。还没享受完这个浪漫的时刻，在平稳滑行的拐角处，突然几处巨大的水柱喷射过来，从脸到全身，浇了个透。上岸后才知道原来这几处水柱是几把人为控制的水枪，只要投一元硬币，就可以随意操控。岸上有个疯狂的男人，居然耗在这里玩了一两个小时！可见鬼屋里遇到的女生运气真的不算太差，碰到的疯子还远未修炼到这个变态程度。

我们全湿透了。

黑色的睫毛膏被冲得乱七八糟，我成了大熊猫。

我大叫：“刚才是谁高兴大叫‘我们可以坐在第一排’的？！真是幼稚！”

twenty-nine
陌生的路灯，不熟悉的前方 :: 29

依依不舍地从欢乐谷出来，我们直奔罗湖去搭车。

猪少在站台向我们挥挥手，窗外深圳的夜景慢慢地消失在脑后。

瑞萍问：“时敏啊，晚上你还要继续兴奋吗？”

我摇摇头苦笑，说：“时敏也累了啊。”

真的是疲倦到了极点，本以为坐一个晚上的长途大巴会难受至极，夜不能寐，谁想到上车就睡着了。蜷在座位上酸痛难忍，但是因为累极了，我竟然也入了梦乡。

半夜迷迷糊糊地醒来，看瑞萍靠在Joe的肩膀上。

窗外是黑暗里陌生的路灯，和依然不熟悉的前方。

这次旅行，结束了。

曾跟大头说过，要成为好朋友光聊得来还远远不够，必须一起创造些共同的回忆来巩固感情的基础。

这趟深圳的旅行，在我的心里又刻上了很多回忆的印迹。只要想到我可能要离开，每一道印迹都会隐隐作痛。

thirty
30 :: 心里有些伤口，愈合需要很久

五月十五日在漳州犯胃病后，我的胃就一直没有彻底好过。

中药西药、冲剂、药丸或胶囊，尝试了无数种胃药，并没有明显起色。

我上网搜索治愈胃痛的方法，忽然看到一行字："心情不好直接影响胃部消化功能，容易诱发胃部疾病。"

我苦笑着摇摇头，觉得自己已无能为力，终于放弃。

胃病易犯，胃伤难养。倘若胃痛都难以治愈，心痛更无药可救。

心里有些伤口，离愈合的日子，也许还有很久。

于是我不再刻意按时吃药。

该痛就痛吧。

没想到，不吃药的报应很快就来了。

猪少说这个礼拜他从深圳回来了，周六他可以来厦门接我。于是周五下班后我没有坐班车去松柏长途汽车站，而是在同事的讶异声中乖乖回家待着。

我给自己煮了面线，吃到一半，没了胃口，倒掉，然后抱着电脑上床。

我靠在床上看《欲望都市》。看曼哈顿的四个时尚女人在爱情中浮沉，看得泪眼婆娑。原来世界那么大，女人在哪里都是一样的。

突然胃一阵绞痛。

我深吸一口凉气，惊呼一声，用手紧紧捂住肚子，躺了下来，蜷成一团。

一时间，我额头的汗珠和眼角的泪珠一并滚落。

我和被子滚在一起，电脑被踢到了一边。

我挣扎着翻手机上的号码，特别想打电话给谁，但是又不知道能够打给谁。可以依靠的人都不在身边，打给他们就像每次生病时委屈地打电话给妈妈一样，除了增加远距离的担心并没有任何意义。

我无助地望着屋顶的天花板，看着被我精心布置过的四面墙，剧烈的绞痛让我忍不住想，如果我就这样死去，也许这些墙面会留下些痕迹。

想到这些，心中一阵阵哀伤。

也不知道过了多久，那剧烈的疼痛终于平息了。

我想，我不能继续这样躺着，我需要去医院看看，趁现在我还可以动弹。

于是我艰难地爬起来，换掉睡衣的时候，我的手脚止不住地微微颤抖。我慢慢走出去，像踩在棉花上一般，终于踉踉跄跄地走到了小区门口。

思明医院下班了，医院门口印着一个红色的巨大的急救电话号码，我照着号码拨过去，没有人听。

我又努力向前走了一站地，看到前埔医院还亮着光，终于安心了一点。

我在医院咨询处问护士小姐："胃痛应该挂内科还是外科？"这样的问题也许显得有点白痴，可在我生命中的前二十三年，从未自己去过医院。姨妈和姑姑都在医院工作，我去医院看病，几乎不用挂号，总是直接被家人领到某科主任或者专家面前看病拿药就好。

何曾有过今时今日的经历？我心里忍不住一阵委屈。

护士小姐回答我："外科。"

于是我挂了外科的号，在外科急诊室门外等候。

夜间值班的医生少，像我这样挂急诊的病号却很多。我在外科急诊室外足足等了一个小时。

一个戴眼镜的干瘦干瘦的医生接过我的挂号单，问我："看什么？"

我说："胃痛，不能忍受。"

他看了看我的挂号单，冷冷地说："你挂错号了，胃病应该挂内科。"

"但是门口的护士告诉我挂外科呀？"我争辩道。

"那是她搞错了，你重新挂吧。"一句轻描淡写让我白白等了一个小时。

我鼻子一酸，却没有哭出来。

眼泪在此时也许是最没用的东西，而现在我需要解决问题。

我只得走到挂号窗口重新挂号，重新等候。等到内科医生向我询问症状时，我才发现，我的胃已经不痛了。

医生也只是例行公事地开了些促消化增强胃动力的西药，然后随便交代了几句谁都明白的道理，诸如“细嚼慢咽”“不要吃太硬的东西”之类，就匆忙催我离开，叫下一个病号了。

走出内科急诊室，在下楼拐角处，我终于想到打电话给谁。

我突然想到姑姑在北京的一家医院工作，于是便把电话拨了过去，我说：“姑，我一个人来一个陌生的地方看病了，我感觉很不好，我想回去了。”

姑姑的声音贴心又温柔，她说：“傻孩子，想回来就回来吧，大家都等着你呢。回来先住在我这儿，再让你姑父帮你看看有没有什么好的工作机会。”

我连声答道：“嗯嗯，我知道。”鼻子又一酸，泪水终于模糊了眼眶。

出前埔医院的时候我才发现下雨了。

雨不大，仍然是淅淅沥沥，被这深夜的风一吹，落在身上却有无穷的凉意。

我看着夜雨中我生活了几个月的地方，不算宽敞的街道两旁，我熟悉的店铺已经打烊，店门口的霓虹灯却亮着，隔着细细的雨雾，透着不清晰的彩色光晕。卖鸭肉粥的阿婆在门口收拾垃圾，只有两家二十四小时营业的药店还开着，有一家还放着十年前流行过的歌曲。

啊，这一切。它们陪伴了我无数个下班后闲暇的夜晚，是我爱的城市里最熟悉的所在。

而今，却如此让我伤感。

我问自己，当曾经幻想的未来都蒙上了伤心的色彩，我是不是应该选择离开？

电话这时突然响起，竟然是Joe。

他问："杨大小姐，你现在在干吗？"

我竟然笑笑，轻松地告诉他刚才发生的一切，我说："Joe，我本不打算惊动你们任何人，但是无奈你像跟我有心电感应一样。"

Joe安慰几句后很快挂了电话，紧接着猪少又打来，他甚是紧张地问现在情况如何，我依然笑着说："Joe的嘴巴还真是快。"

看，撇去那些伤心的色彩，这个城市还有好多我无法割舍的牵绊。

应该走吗？我继续问自己。

还是勇敢地留下？

冷雨夜，我迷惑了。

只是身体疼痛的时候感情尤为脆弱。彼时，也许我只想回家。

Chapter 4

在塔前吹风，在离开前相拥

Beyond the Time Heart Calls

~~thirty-one~~
31 :: 只要是在做我想做的事，便不会觉得辛苦

一场大暴雨把晋江的长途汽车站淹了，这个周五没有从厦门到晋江的车。

很多买票的人听到这个消息就放弃回去了，我却固执地上了到石狮的车，据司机说这趟车在晋江SM广场会停一下。

又是个大雨滂沱的夜。我倔强地上了路。

高速路被封了，司机改走其他的路线。前方视线一片混沌，树、路灯、标示牌都像浸在了水里。路上的车都开得很谨慎，车上乘客很少，空位占了三分之二，这真不是该出行的时候。

在车上，我发短信问瑞萍："我这样是不是太疯了？"

我在心里忍不住感叹，曾经很独立不怕寂寞的我，现在却很依赖人，很怕一个人。

其实，我有更大的动力。我知道，这样的周末，聚完一个就少一个了。虽然我并不知道我什么时候离开，但似乎我的离开已经成了不争的事实。大家会时不时地提到这个话题，而每个周末大家对于见我的重视程度也让我明白，这样的见面，不会很多了。

每周五我都从公司到长途车站坐车去晋江，周日再从晋江坐车回厦门，再回前埔的宿舍。在来来回回中，我有的时候听听mp3发发呆，有的时候在车上睡得昏天暗地，有的时候实在无聊，会看两眼车上反反复复播的《集结号》。

累吗？

不。

只要是在做我想做的事，就不会觉得辛苦。

今天，阿平和大头特地来晋江看我。

阿平说是很久没见我了想见见。

我看到阿平时几乎认不出来了，几个星期不见，胡子拉碴，肚子又大了一圈。

至于大头，他说："杨大小姐来了晋江，我都会尽可能地出现。"我想，他或许跟我想的一样，这样的见面，见一次就少一次了吧。

我们叫了Joe一起，在他公司楼下的台球室打台球。阿平打台球真的应了一句我常说的话："大力出奇迹。"他一杆打下去，台球桌几乎都要捅烂了，满桌的球在一阵乱滚后都变了方位，却不见进球。我们被阿平逗得笑痛了肚子。

看着眼前的男人们，我想，若是离开，对这一群人，自己留了遗憾吗？

没有。

每一次的见面我都很珍惜。分享过大家的快乐，分担过大家的烦恼，做了我想和大家一起做的事，得到了那么多人的照顾和偏爱。

人也许不该太贪婪，我该满足了。

打完台球，我们买了海砺煎、面线糊去Joe那儿看欧洲杯。

大头还拿来几罐冰啤酒配我从重庆带回来的怪味胡豆。

今晚的比赛是意大利VS罗马尼亚。

上半场比分0：0，拼抢得却很激烈。托尼和皮耶罗好几次在小禁区内射门都被挡出，或者贴着门柱擦过，运气实在不佳。穆图最具威胁的一个禁区边缘射门也被布冯跳起截住，最终也没能破门而入。

阿平吃完夜宵看完上半场比赛就回家了，剩下我和大头继续大呼小叫，Joe对球赛不感兴趣，陪着我们在一旁看看报纸凑凑热闹。

很久没有几个人一起看球了。让我想到两年前，北理十三号楼女生宿舍里围着电脑的那一排小板凳。那时，我和灿灿抱了带冰的可乐围着电脑看世界杯，其他人虽然不爱看球，也围在一起看个热闹。网络电视比正常电视转播延迟了三十秒，我们总是先听到“球进了！”后看到画面。可尽管如此，我们丝毫不受影响，仍然看得津津有味，自认为精彩得很。

我拿起手中的啤酒和大头的碰了一下，感慨地说：“今天晚上的感觉就好像回到了大学时候。”

冰凉的啤酒入喉，升腾起一口爽快的气流，我打一个响亮的嗝。

大头笑笑说：“大学宿舍里哪有这么好的条件！你看看Joe这个大电视，还有免费的冷气。”

Joe趴在床上，从一堆报纸里抬起头，说：“是时敏来了我才开空调的好不好？要是你一个人，我只给你吹电扇！”

大头扔过去一个枕头，又一脚踢过去，骂道：“塞。”

我和Joe一唱一和，气大头说：“你确实是沾我的光，吃夜宵也是沾我的光。”

大头不再理我们，转过头去喝酒。

我却舍不得走了，问Joe说：“晚上我不回瑞萍那儿了，想接着看第二场，就在你这里睡可以吗？”

Joe乐了，说：“我正打算这么跟你说呢，我还怕你不愿意。”

“哈哈，怎么会不愿意呢。还省得你开车送我去瑞萍那儿了。”

Joe这儿有两张大床，一张他用来睡觉，一张用来堆些乱七八糟的杂物。他把堆杂物的那张床收拾了一下，换上干净的床单，递给我一个大枕头，问我：“怎么样？这儿还能睡吧？”

“当然！挺舒服的。”我说完就躺下，一脸享受的样子。

Joe曾说过我让人没有距离感，或许在他们心目中我本来就是个“爷们儿”的女人。还是因为熟悉到了一定的程度，性别的界限会开始模糊？

我想到去年十月底来厦门旅游的时候，接我的那个晚上猪少曾提议开一间房大家住在一起，那个时候的我为难地说“不好吧，好像不太方便”。想到这儿我不禁笑笑，看着面前的大床，我问自己，到底是从什么时候起，我和这些人变得如此亲密？

我一直守着大电视和冷气看完了第二场荷兰VS法国的比赛。

总算没有白白熬夜，虽然上半场有点沉闷，下半场却风云变幻。在双方打成2：1的时候，大头叫我发个短信给猪少告诉他比分。谁知我的短信还没有编辑完毕，罗本在亨利进球后不到一分钟又攻入一球，比分瞬间刷新成3：1。

大头激动地用两手捂住嘴巴，瞪大眼睛，发出细声细气的尖叫，像个小女生邂逅大明星一般。

我被他逗笑了，是否男人也都有“娘们儿”的一面？就像猪少开车，握着方向盘的时候总喜欢翘起小拇指。

我赶紧推推他，指指旁边已经睡着了的Joe，说：“嘘……你小点声。”

大头压低声音大笑，说：“这场球实在太戏剧化了！”他拿起一罐啤酒兴奋地跟我碰了一杯。

和朋友一起看球的魅力也许就在于此，快乐如果被分享，会被放大。易拉罐轻轻地碰撞在一起，发出沉闷的声响，那快乐时的碰撞，无可替代。

球赛结束后，我们平静了很长时间才熄灯睡觉。

空调在寂静的黑暗里鼓动着呼呼的风声，隔壁床上两个男人的呼吸声也渐渐地重了。

有些记忆，初次即是永恒。

第二天清晨，我用Joe的男士洗面奶洗脸，然后对大头说：“看来好朋友的名单里剔除不了你了呢，因为昨天我们也睡在了一起！”

thirty-two
带着心愿离开，才有更多理由回来 :: 32

这次的出行，念头产生在和瑞萍的一次聊天当中。

她问我："龙岩土楼你去过没有？泉州开元寺呢？还有杏林的日月谷？"好像知道我就要离开，她想在我走前带我去我还没去过的地方，想替我把可能遗漏的事情统统都做完。

我看着眼前这个亲爱的女人，在心里大声喊："怎么可能做得完？再给我四个月，甚至更久，也还是不够的。"

但是我对瑞萍说："这些地方，我好像都去过了。"

瑞萍打我一拳，嗔怪道："过分！我是这里的人都没你去过的地方多！那鼓浪屿不用说，你肯定也去了N次了吧？"

我笑："是啊，N次了。但是没在那里过过夜。挺想在那里住一个晚上。"

瑞萍叹一口气，说："那我们去吧。"

于是，周六的下午，我们四个人出现在了这迷人的小岛上。我，瑞萍还有Joe是不变的铁三角，而这次，终于也千辛万苦地把大头拉来了。

提前了好几天订房还是没有订到国际青年旅舍和娜雅，最后只找到龙头路上一个叫作“丽之岛”的旅店。如果忽略掉旅舍的环境，龙头路这个地理位置还是不错的。这条路是鼓浪屿的繁华地段，也是这个小岛上的交通枢纽，想要去哪里，都是要经过龙头路的。

我安慰自己说，我们的目的是鼓浪屿的星夜与清晨，也许在哪里睡觉都是一样的。

旅店没有可以容纳四个人的房间，标间规定最多也只能住三个人。我们四个人不想分开，预谋挤在一间房里，省钱是其次，关键想图个热闹。

于是我们想出个损招，我和瑞萍先去办理入住手续，大头和Joe而后装成陌生人单独走了进去，竟也蒙混过前台接待人员的双眼。

我们偷笑着在房间里放下行李，然后去吃鼎鼎有名的龙头鱼丸。

这间鱼丸店我来过三四次，可仍然要靠问路才能找到，是龙头路的一条小巷里破旧的老店。店里店外加起来也不到五张桌子，厨房就设在店门口，用白色铁皮和半透明的玻璃围着炉子。老板娘很和善，一边招呼生意，一边在店里包鱼丸。老板是个干瘦的中年男人，在门口守着大汤锅煮鱼丸。

这家鱼丸店，我、东岳、灿灿、阿平、猪少一起来过；我和星也坐在这里嘻嘻哈哈过；现在，Joe、瑞萍、大头和我又坐在了这里。

大头舀起一个鱼丸放进嘴里，点点头评价说：“鱼丸这种东西，如果我说可以，就真的可以。这家，嗯，还可以。”大头仍然延续他一贯的废话风格。

Joe皱皱眉头，说："是还可以啦，但是汤喝下去怎么感觉喉咙刺刺的？"

瑞萍表示赞同："胡椒粉放多了。"

吃完这家后，我们转战去另一家闻名的鱼丸店——原巷口鱼丸。

鼓浪屿上有无数家鱼丸店，甚至任何一家餐厅或者打着其他招牌的小吃店都有鱼丸这种东西。苦了讨厌吃鱼丸、饺子这类包馅儿的食物的Joe。我们三个人抱定了尝遍鼓浪屿上有名气的鱼丸店的决心，一家一家挨着试吃。

原巷口的鱼丸跟龙头店的比，皮更爽滑，吃起来更有嚼劲。我和瑞萍一人又吃了一碗，大头和Joe则对原巷口的炸五香赞不绝口。

酒足饭饱后，四人挺着肚子去菽庄花园旁的海滨浴场散步。

游人众多，小小一片海滩上挤满了来这儿嬉闹的人们。

什么时候起，鼓浪屿也开始浮躁起来?

但这并不妨碍我们谈天说地。我和瑞萍脱掉了鞋子，赤脚踏在沙滩上。

天边的霞雾渐渐变淡，沉寂下去，夜色悄悄地涂满了天空。星星，也一颗一颗地亮了起来。

海对岸是一片灯火。

我知道厦门太美了，而我也知道，我就快要失去它了。

夜深的时候，我们起身离开星光下的海滩。

鼓浪屿有无数条岔路口，连通着不同方向的小巷。我们意见不统一，只好分开行动。这次，我和大头成了一组。他居然和我有一样的喜好，专挑偏僻的巷子往里钻。

夜游鼓浪屿确实是需要一番勇气的。

这个岛上的古老建筑年代久远，保留着上个世纪的古老传说和神秘气质。在白天看来是一幅上世纪末奢华的独特景象，而到了夜晚，这里充满了灵异色彩。尤其是那些空荡荡的无人居住的别墅，四周围着破败的院墙，有的还带着铁锈斑驳的栅栏。没有灯，上百年的榕树垂吊着繁茂的长须，在黑暗中摇曳。

我们屏住呼吸轻轻走过，这时突然从墙角跳出来一只猫，夜色里唯一的光聚焦在一对猫眼之中，直勾勾地盯着惊慌失措的游人。

我们大无畏地穿过一条又一条不知名的巷子。

几处幽深的民宅庭院，我们也在大头的怂恿下，战战兢兢地闯入，探了个究竟。

我们早就迷了路，借着昏暗的路灯研究地图，最后的结果还是一句自我安慰的“瞎走吧，没事”。没想到我们竟然转到了番婆楼前，看到了这座岛上我最心仪的咖啡馆——花时间咖啡。

彼时这间咖啡馆已经打烊，平时立在番婆楼前用粉笔写着店名的小黑板也被收起来了。我望着楼上几处灯光，依稀听见楼里水流的声响，一转身，撞见穿着大裤衩的Air夫妇——花时间的店主。我像窥见了什么秘密似的，心一慌，低头跑开了。

想到Air夫妇写：“遇到才遇到，错过就错过。”

我不由得暗自庆幸，总算跟喜欢的有缘。

在一条巷子的拐角处，一群小姑娘见我们拿着地图，于是凑到大头身边问路：“请问轮渡怎么走？”

大头耸耸肩，说：“我们也正在找方向。”

“你们不是有地图吗？”一个小姑娘疑惑道。

“给你看，如果你看得懂。”我拿了地图递给她。

大头指指前面，说："往前走吧，应该是这个方向没错。"

男人的话不管正确与否，在关键时刻都带着不容置疑的安全感。我们并没有第二个选择，于是一群人都跟着大头向前走去。

竟然蒙对了。

在我们脚力所剩无几的时候，通往轮渡的那一条熟悉的路就在眼前了。小姑娘们感激地说完谢谢，忙着去赶最后一班回厦门市区的船。

Joe、瑞萍和我们也约在那儿碰头。

于是我们在麦当劳找到了那一对贪图安逸享乐的男女。他们趴在桌子上吹着空调，手边放着一大杯可乐，还有刚在御饼屋买的馅饼。

我这时候才感觉累了，回到酒店，简单洗完澡，又嬉笑怒骂了几句，就睡下了。因为和大头约好，第二天要早早拉他起床，一起看鼓浪屿的清晨。

鼓浪屿的清晨居然是喧闹无比的，也可能是因为我们住在龙头路——这个小岛最热闹的地方。与昨夜的静谧相比，这小岛像一夜之间换了个世界。

瑞萍也跟着我们出来凑热闹，可吃完早餐后嫌太热又自己溜回酒店去了。

这个隔绝的岛上居然也有厦门"早龙早餐工程"，看来这里并非如想象中的不食人间烟火。在龙头路的转角处，我更是惊异地发现有体育彩票的售卖地，不由得感叹了一声：若是阿平来鼓浪屿住，也可以生存得下去。

跟团的游客们已经一群接一群地闯了进来，我和大头忙往岛内僻静的巷子里走，人迹罕至的地方，才是真正的鼓浪屿。

我们在某领事馆旧址处碰到一个热心过度的阿婆，并没有开口问路，她已经迎上来搭腔。大头和她用闽南语交谈，根据我听懂的几句判断，大概是阿婆听大头的口音问他是不是晋江人，问我们有没有去哪里哪里看看，大头说都去过了，我们就是随便走走随便看看。

而后我向大头求证，居然真的是这个意思。我高兴地发现，我的闽南语终于进步了。

彼时我想，如果再待上一段时间也许我会懂更多。也许过不了多久，我就可以听懂大家在我身边兴高采烈地说些什么。也许那时，大家就不用再为迁就我一人而别扭地勉强自己说普通话。

也许，也许。

这“再待一段时间我就会怎么样”的假设，我很清楚，不会有尽头。

怎样，都是不够的。

我想起瑞萍提议陪我来鼓浪屿的那一刻，她眼里的温柔将我打动。我知道她想在最后的时间里替我完成所有心愿。只是，我们做不到。

也许，我要带着心愿离开。这样，我才有更多的理由，回来。

我们找到了鼓浪屿地图上列出的最后一栋建筑——金瓜楼，正在翻修，四周围着竹竿和青色的纱网，不知道我下次再来时它会变成什么模样。

我看到一个挑竹筐卖水果的阿姨蹲在路边，她戴了个大斗笠，穿着颜色鲜艳的布围裙，像一处路边静止的风景。我走上前去，挑了两个大椰子，让阿姨凿开，插上吸管，然后递一个给大头，和他坐在路边捧着喝。

大头点了支烟，像是自言自语地说："和时敏同游鼓浪屿啊，真是完成了一个夙愿。"

我拍拍他的肩，没有说话，任他吐出的烟雾飘到身上。

有点呛，我忍不住皱皱眉，却没有伸手去扇。这曾是我厌恶的味道，也因为身边的人渐渐地被我接受。

也许，人生来都带着锋芒毕露的性格和娇纵挑剔的脾气，只是因为在乎身边的人，想要更好地相处，才把这些性格和脾气悄悄收敛。也因为爱，一点也不觉得委屈自己。

彼时我想，我是爱你们的。所以在你们眼里，我随和得几乎没有脾气。

到了离开鼓浪屿的时候，坐在回程的轮渡上，瑞萍问我："想去的地方都陪你去了，没遗憾了吧？"

我点点头，看着白色的海浪后面的那座岛屿在我眼中越来越小，越来越小。

我在心里不停地说：再见，再见。

别了，鼓浪屿。

从你开始，我要拉开向我的厦门告别的帷幕。

你在我眼中，永远是最美的地方。

今后，不管我身处何等繁华现代的都会，都将深深把你向往。

第二个要告别的，也许是乌糖。

乌糖是厦门大学附近一家卖沙茶面的老字号，生意火爆得很，开到下午一点多就卖光收摊了，每次去也几乎找不到空座。第一次来这儿是去年的十月，我们结束了五天在厦门快乐的假期，奔赴机场前在这儿吃了最后一顿饭，那时大家的心情都很沉重，美味的沙茶面摆在面前，也吃得不香。

偶尔我在厦大附近消磨一个人的时光，也会选择在乌糖解决午餐。

真正觉得乌糖好吃，是星来厦门的时候，我高兴无比地带着她来这里吃，你争我抢，一碗还嫌不够。

今天，我们刚离开了鼓浪屿，也围在这长条的木桌子上，埋头吃面。没有人说话，大家想必也是饿了。乌糖的老板很吝啬，拥挤窄小的店铺里既没有空调也没有电扇，大家都吃得大汗淋漓，擦汗的纸巾堆了一桌。

我看着这熟悉的地方想，每次跟不同的人来，都有迥异的心情。而乌糖，似乎蒙上了告别的色彩，那么多次说再见，都跟这里有关。

下次又会跟什么人一起来？

什么时候来？

而那时，这儿的生意还是那么火吗？吝啬的老板会不会为忠实的食客安个空调？

从乌糖出来以后我们直奔会展中心，去参加Joe期待了好久的名车展。

对于车，我了解甚少，完全是个跟着凑热闹的角色，除了评价车模的时候能跟着说上几句。

大头忽然指着一辆圆嘟嘟的红色小型吉普对我说：“时敏，你以后就买这辆吧，这是最适合你的车。”

Joe点点头，补充说：“嗯，是适合时敏，就是因为它‘怪’。”

瑞萍笑了笑。

我却高兴不起来。

为何今天连微笑都让人觉得难过?

想起星曾对我说：“记得欢迎他们来北京玩。”

我开玩笑地回答说：“那当然，咱也要买辆QQ载他们，呵呵。”

彼时我想，我要学会开车，也要克服路痴的毛病。我要开着我的车载着我眼前的人们到处吃喝玩乐，正如这几个月来，他们对我一般。

看完车展，大家送我回家。

这是大头第一次来我的房间，对屋子里花里胡哨的装饰感叹不已。

他露出赞赏的目光，嘴上却说：“你就是太闲了。”

我不理会他，自言自语地说：“我走的时候，墙上的这些又要撕下来了。”

离别的情绪淹没了我。

大头走后，我开始收拾行李，也不知道自己怎么了。

我在楼下的杂货铺买了几只大纸箱，把衣服从衣柜里抱出来，一件件叠好，打包放进箱子里，然后用尽了力气抱下楼。在小区的门口，我找了辆收废品的人力三轮，让师傅帮我把箱子拖到附近的邮局。

三轮师傅骑着车往邮局去，我在一旁跟着车跑。

到了邮局，我把箱子搬到寄件柜台称重，然后填好邮寄的行李单，地址上落款的城市写着北京。

我浑身被汗水浸透了，双臂因为负重几乎失去了知觉，像要断掉了。

离开邮局时，我有点恍惚。

我曾经无数次地幻想过这天，无数次地以为自己在打包完行李后会大哭一场。可是今天，我静静地做完这一切，没有掉一滴眼泪。

回到宿舍，我看见柜子里空空如也，心里一阵恐慌。

于是我忍不住打电话给猪少，告诉他刚才发生的一切。

他责怪道："不是我喜欢说你，为什么不叫Joe和大头一起帮你做这件事？"

"我也不知道。可能他们在的时候我还没想到今天会打包行李。"

"也可能你就是不想麻烦他们。要是换了我，肯定会叫他们帮我一起。"

"不说这个了。反正已经弄完了。"

"唉……想好什么时候走没有？"

"不知道。所以想问问你。"

"也不急的嘛，辞了工作，去晋江和他们待一段时间再回去也不迟。"

"嗯。我也这么想。还有……我想，我走的时候，你能在机场送我。"

"这有点残忍啊，时敏，你知道我最怕你哭。"

"我保证不哭，真的。我想高高兴兴地走。"

"那订七月十三日的票吧。那个周末我回晋江，十三日送走你，我晚上也回深圳。还有，我不相信你能不哭，你要是不哭，你就不是时敏了。”

挂了电话后，我在网上订了机票。二〇〇八年七月十三日，厦门高崎机场飞往北京。

那天晚上，我在我的小屋里失眠了。

我在日记里写：“真的要说再见了，厦门，还有你们。让时间慢下来吧，不要让我那么快地失去你们。”

thirty-three
33 :: 最后的厦门

礼拜一我向公司递出了辞呈，准备七月一日离开厦门，去晋江瑞萍家住上一段日子，再回北京。

厦门的同事纷纷挽留，说着煽情的话。

啊，又来了，我最害怕的告别的戏码。

原来，为了生活得快乐些，我们会逼迫自己去习惯一个地方的环境和人，等习惯产生了，感情上也就有了牵扯。

所有的一切只是在重复地告诉我，我舍不得。

在厦门的最后几日里，我几乎用尽了全部的力气去查找这座城市任何可能遗漏的边边角角。

一遍又一遍地重温我爱的味道。

第六晚的薄荷味

二〇〇八年六月二十八日，离开厦门倒数第四天。

我打了三通电话还是要可爱的服务生出来迎接才找到这里。

据说这里是民国时期修建的老别墅，电光石火间，我看到那个古老而遥远的厦门港。

第六晚咖啡馆的老旧和周围小巷的残破倒是契合。

我要了薄荷摩卡，我的同事小曾要了冰卡布奇诺。其实，我拒绝喝摩卡已经很久了，经不住店主推荐，还是想尝试一下。居然不甜腻，巧克力的糖浆里透着清新微苦涩的薄荷味，让我很是惊喜。

这个咖啡馆的二层是个画室，挂在墙上的油画都是模糊不清的颜色，显得不是很干净。

最大的一幅画有点奇怪，画的是一条中国传统神话色彩的斑斓巨龙和一个金发碧眼的外国男人对着嘶吼，面容狰狞。

学美术的小曾说什么样的画代表了画画的人什么样的心情。

我想，可能是个不得志的画家，心里涌动着狂躁的情绪。

我在墙上发现贴着这样一首诗：

第六晚是个什么样的夜晚？

苦尽甘来的周末夜晚。

穿红舞鞋的诗歌跳呀跳呀跳到第六个方格时，回眸一笑……

盛夏的夜晚，一生中的第六个夜晚。

现在，我握着一大把火柴的想象，

看雨将一条街道打湿。
纸那么薄的街道，
运载多少浮躁的脚步？
假如雨是咖啡的，
街道旁那几株干净的树是写诗的朋友；
心可以是心，
也可以是远方一间小酒吧。
我这样闭上眼睛，
那些健康的词和面孔，
就抬起这个湿漉漉的夜晚满世界飞跑。

彼时，正下着雨。

我也闭上眼睛，闻着清新的空气。

如果失去可以停下脚步，我不会对妈妈那句因为思念我而希望七月十三日快点到的话而生气。

因为台风的关系，厦门近日的雨一直下个不停。大家最近很少出门，我和小曾成了这里唯一的客人。

我在咖啡馆的留言本上写：“爱就是爱，不能伪装成不爱来欺骗自己不去感伤。”

我想，我在这里留下的脚印，它们会在未来的岁月里变成发光的星。

翅影在岁月里擦过。

留下诗篇。

永远的玛琪朵

二〇〇八年六月二十九日，离开厦门倒数第三天。

[康康柳丁]

刚来厦门的时候我的同事小吴就说要一起去唱歌。今天终于应允，第一次竟也是最后一次。

我记得来厦门的第一个海边，是我们一起看风筝、看新娘晒太阳的海边。

[双层巴士]

我坐在第一排，贪婪地看这个城市最后的风景。

[西堤的cooper]

再来一次，再来一次。

这里的焦糖玛琪朵因为浓缩了过往的时光片羽而无可匹敌。

[Me&You 2]

满座。

吧台拥挤着晃动啤酒瓶的老外，靠海的露天卡座被中国人覆盖。

空气里充斥着新鲜的扎啤和爆米花的香气。

我指给小吴看我们每次来都会坐的位置。

还有海湾公园那两排惊艳的棕榈树。

［厦门］

满街的芒果树已经结满青色的果实，我看不到你们成熟；三角梅被台风天的大雨刮得一地紫红，我来不及将你们葬入泥土。

厦门会如何记起我？

在海边躺着看天光的我？在无数个咖啡馆里发呆的我？在中山路又一次被小吃撑得难受的我？在地板上盘腿而坐看免费书的我？在巷子里拿着地图还不停问路的我？

都是我。

你的我。

而你，已不再是我的厦门。

雨天泡的茶

二〇〇八年六月三十日，离开厦门倒数第二天。

去日舞咖啡的路上，我突然改变主意去了人和路。

棉袜巷、新路街、打铁街、洪本部巷……都是些奇怪的名字。巷子窄得有时只能一个人过身，这是老式建筑的情趣。拥挤也是生活的一种。

有电器修理部；有二十年历史的杂货店，可以买到其他地方找不到的老式生活器具；有规模很小的诊所、药店、特色小吃店、修脚店、理发店、糕点铺、香烛店等。

店主悠闲地坐在门口，他们从不愁没有顾客。

一笼一笼的鸡鸭摆在楼房下面，在窄窄的巷子里等待买主来挑选，然后被宰杀。

五颜六色的大塑料盆里满盛着的鱼鳖虾蟹一路排开，上面是颜色各异的遮阳大伞，连绵一条街，景色颇为壮观。

还有个基督礼拜堂掺杂在其中。

我第一次走这条路，仿佛走在六十年代香港的电影里。像极了《功夫》里租客们住的那条街。

后来在这里翻杂志才知道，这条街市是鼎鼎有名的八市。

我在厦门喝的最后一杯咖啡是我从来不稀罕喝的美式咖啡。

淡淡的苦涩味，多像是跟厦门的告别。

傍晚时分，我离开日舞咖啡，去金榜公园的山顶和小曾还有他的朋友们泡茶，直到夜幕降临。

突然下起大雨，遮阳伞不够大，不仅我们被淋湿，连桌上的茶具都湿了。

傍晚的白云竟然在山顶清晰可见地飘动着。

泡茶的时候我被一个问题困扰——关于人们常说的缘分。

我忽然想，前世一定有故事发生，才在今生得到延续。

故事的深刻决定延续的深浅。

不然我怎么解释，是什么让我和这些素不相识的男女坐在一起同喝一壶茶？一面的缘分，都可以不用知晓姓氏，因为以后都不会再见。

是什么让我可以在另一个城市认识这些人，一起共事、吃饭、交谈、娱乐四个月，然后将很少再有交集？

是什么让我如此珍视不到一年的友谊？

又是什么让我爱上一个人？

什么让我们重复相爱，却要重复地说再见？

海边那一颗流星

二〇〇八年七月一日，在厦门的最后一晚。

我和国清还有他的女友约在西堤的Tutto Bene吃晚饭。这儿除了我们，全是老外和老外的朋友。

来之前我们定吃饭的地方，我跟国清说："老别墅西餐厅、牛排红酒庄、Tutto Bene我都想去，你挑一家吧。"

结果还是由我来决定。

"时敏还想去哪儿"成了这些天的中心思想。啊，特权是我的，而我，是个要离开的人。

本来想去老别墅，懒散的犹太老板居然在礼拜一休息，我们只好去了Tutto Bene。

厦门，是我眼中的故乡。

吃完饭，我们从珍珠湾的沙滩一直走到书法广场。于是，第一次来厦门的海边，变成了最后一次。

这是我白天晒过太阳的海边，今天，变成了晚上晒星星的那一个。

似乎那所有的事，冥冥中都有某种力量在牵引着。

我不再抗拒。

我接受一切，包括失去。

海边有人在弹吉他唱歌。

有人放孔明灯。

有人故意踩着大石头走歪斜的路。

有人拥抱，有人游泳，有人骑车，有人跳舞，有人微笑。

国清说应该在车的后备箱里放把躺椅，晚上随时可以开车来这里的海滩躺着。

看，我一直引以为傲的“会生活”在这里显得多么微不足道。

有山有海，所以能海誓山盟。

我相信一切未实现的承诺。

如这海上的星，山上的云，遥不可及却那么真诚地出现过。

它们都是美好的。

一颗流星划过。

如老别墅一样，我错过了。

也许凡事不能做得太满，是该留点遗憾的。

是因为我贪心才会太难过。

我对自己说，流动着的星看不见，还有满天静止的星在对我闪烁。

thirty-four
34 :: 告别如此漫长，从前就已经上演

离开厦门，搬来瑞萍家已经四天了。

跟着瑞萍，我开始有了午睡的习惯。

我每天都穿着拖鞋大摇大摆地出入她的办公室。我的电脑和咖啡杯在她身后的办公桌也安置了新家。

瑞萍每天和满桌的财务票据、来来往往的人、不时响起的电话纠缠在一起。她紧锁眉头，或者吁一口气就摊在了椅子上。

而我，把脚蜷在椅子上，戴上耳机，听点轻松的爵士乐，继续写我们的故事。写不下去的时候，就停下来看《欲望都市》。

在忙碌的办公室里，我的悠闲，人神共愤。

我又失业了。

却没有不安全的感觉，失业也许是一种享受生活的状态。至少，让混乱的人有时间整理一切。

还有，舔那些隐藏着的心伤。

我却发现彼时最不可触碰的伤口是什么。

原来是，不舍得。

傍晚的时候良生突然打电话来："小时啊，你现在有没有空？我马上要冲到瑞萍家了。"

我匆忙地从办公室跑回家换掉拖鞋，也学着良生的口气，在电话里说："老大啊，你等一会儿，我换完鞋马上就冲下来了。"

我飞快地奔下楼，差点跌倒在门口的台阶上。

啊，这每一次见面都如此珍贵。我不由得在心里轻轻叹息：每一个我拥有的当下都在变成过去。

今天我突然发现，每个人的车里都带着不一样的气味，还有音乐。

开良生车门的时候，我闻到熟悉的气味，是老大的。

他车里放着王若琳的歌。那是我在厦门的时候听的最多的歌，一时间，有点感触。

而这么多人车里放的音乐，我最喜欢的，是良生的。

"小时啊，真的决定要回去了？"

"嗯……没办法，要回去了，呵呵。"

"为什么呢？"

"家里人叫我回北京。"

"也是你自己想走了吧。"

我忽然之间觉得，我的告别是如此悠长，似乎从很早以前就已经上演，很早以前我便开始向很多人一遍一遍地解释这个老话题。

告别戏，一幕一幕，反反复复地，说着再见。

是因为就像猪少说的那样，我本就不属于这里，从我来的那一刻起大家就知道我会走，所以从一开始，就为这场告别埋下了预留的伏线。

在很长的一段时间里，因为这个老话题，我和亲爱的妈妈反复地争吵，我和内心想离开的那个我反复地争吵。我不停地解释给朋友们听，从耐心到不耐烦再到歇斯底里，终于有一天，也说服了自己。

是要走了。

当一切成为定局，我能做的，是找出接受的慰藉。

“小时啊，在这里不开心吗？”良生接着问我。

“也不是。”一时间，我不知道该怎么回答。

“是因为大雄吧。”

“嗯……也许，可能吧。”

“开心是因为他，不开心也是因为他啊。”良生笑着看着我。

我也只是笑笑，仍然说不出些什么。

“你觉得你和大雄最大的问题是什么？”良生问得直接又尖锐。

啊，问题是什么。

我也曾问过自己百千次。

我摇摇头，说：“我也不知道。可能，我不是这里人吧……也可能，是两个人的环境，差太多了。”

“是这样吗？”良生突然收起了笑容，认真地看着我。

看得我有点心虚。

是这样吗？

我愿意相信是这样。

可我却说得很坦诚：“也可能是不够喜欢吧。”我忘了是什么时候在一本书上看到过，作者残酷地告诉那些为爱人找借口的傻子，她说两个人之间的问题，其实都可以用喜欢和不够喜欢来解释。

“嗯，某种意义上，可以这么说。你知道吗，其实男人的感觉，是很容易淡的。”

我的心，忽而抖了一下。

良生的话也许残忍了点，但肯定是真诚的。

但是，还想这些干什么呢？

我们之间是什么问题又有什么关系？

管他的。

都过去了。

虽然心里被插下了一根牙签，留下了一个好深的洞。

多年后，也许这根牙签已经有人替我拔了出来，然后我看着那个洞，会笑着对那个人说：“看，那个时候的我，多勇敢。”

良生又说：“小时，你信不信我这样的人也受伤过。”

“当然。”

为什么不信呢？

谁都有过青春，谁都不可避免地被伤害。

谁都爱过。

敢爱的人，总是多点伤害。

彼时，良生又跟我说起好多，说他眼里男人真实的样子。他说男人们习惯编谎话，当他们编谎话的时候，聪明的女人知道这些，但是要装成不知道的样子才可爱。

良生接着对我说：“小时啊，老大没什么可以教你的，除了让你知道什么是男人，还有，帮你怎么管好你将来的男人。”

我心里一阵暖意流动。

晚些时候的饭局上，良生给他的朋友介绍我说：“这是我们的小妹妹。”

那一刻，我心中的暖意涌上眼眶，闪烁成晶莹的光。

今晚，我又跟着良生和Joe去了L-seven，还是上次的那个DJ，还是坐在我们上次坐的那个位置，但我破天荒地喝了好多酒。

也许是酒精的缘故，今晚不用良生来鼓励，我也傻乎乎地站起来跳舞。末了，我忽然很不争气地上前抱了一下良生和Joe，然后哭了。

我的感伤，像便利店一样，二十四小时营业。

也许这个时候我可以回答良生白天的问题：“在这里不开心吗？”

不，我很开心，没有不快乐的回忆。

难看的印迹会被冲刷掉，只有数不尽的留恋像退潮后留下的美丽贝壳，在我心底发出温柔的光。

thirty-five
每个人都有每个人的故事，每个故事都足够动听 :: 35

下午四点多的时候瑞萍告诉我：“晚上我们去衙口海。”

吃过饭我们在楼下等Joe来接。

瑞萍的妹妹珊亲密地搂着我靠在我身后，她的弟弟宏在一旁跟我大声对着损。瑞萍时不时帮帮我，狠狠打宏一拳。不知不觉，我竟已经和瑞萍的家人混得像一家子了。

再加上开车来接我们的Joe，我说今天的感觉像极了家庭旅行。

我们嘻嘻哈哈地出发了，没想到晋江竟然也会堵车。在瑞萍家前面不远，大小车辆把这里围了个水泄不通。Joe一直按喇叭，起不了任何作用。

Joe说：“这真的是我第二次看到这里这么堵。”

“第二次？”

“时敏，你知道第一次是什么时候吗？”

“不知道。”

“第一次就是那次送你来萍萍家！”

瑞萍突然补充一句：“对！第二次就是因为要送你去衙口海！”

“我……”我已经记不清是第几次被气得说不出话来。好吧，我安慰自己，损友也许才是感情升华的状态。

珊突然一巴掌用力地打在我胳膊上，发出清脆的声响，毫无预兆性，典型的瑞萍家风范。我还来不及喊痛，瑞萍马上一巴掌打了回去，狠狠地对珊说：“我都舍不得这么用力打她，你别没大没小啊！”

“哈哈哈哈。”我一边叫痛一边被瑞萍逗得大笑。

最危险的，也是最安全的。

搞定了大姐，什么都可以摆平。

但我仍然语重心长地对Joe说：“你的保险，我帮你出一份。一定要买！”

Joe转过来对我苦笑道：“谢谢！谢谢！今天可能不是因为你堵车。”

好不容易到了衙口海。

只见车外人山人海，似乎全部福建的人都涌过来过周末了。我们的车艰难地移动着，海边的公路被蜂拥而来的车辆堆积成了停车场。

我竟看到厦门的车牌。

路边的行人，像戏院散场。

不敢相信这是我们四月踢过足球的空无一人的衙口海岸。

听大家形容过好多次这片海岸夏夜的盛况，我还是忍不住惊叹我现在看到的景象。各式的海鲜大排档沿着海岸线一路延伸开去，远处幻化成一片白色耀眼的灯海。我们下了车，选了一家大排档坐下，立即置身于灯海当中，望不到边际。

海风带着炭火的灰尘和烧烤的香味，拂面而来，我不由得微眯起眼睛。看看隔壁那桌，似乎酒意正酣，启开的啤酒瓶口不断地冒出新鲜的白色泡沫。

瑞萍和弟弟妹妹去点菜，Joe问我："这里不错吧？"

我又套用大头的口头禅："厉害厉害。"

"你说这是不是全中国最大的夜市？你以前见过比这个更大的夜市吗？"

"没，真的没有。"

这个最大的夜市居然也有武汉吉庆街夜市那样的吹拉弹唱，不时有背着吉他和小音响的人过来问我们要不要点首歌来听。他们当中有学生打扮的小姑娘，也有留着长发的中年男人，甚至，还有四五岁大的小孩。

瑞萍打发完又一个卖唱的小孩，对我说："时敏啊，不然给你搞套设备，来这儿赚两个月的钱再走吧。"

Joe居然认真起来，说："真的可以啊，绝对不比他们差！"

那一刻，我真的有退掉机票的冲动。并不是心动他们让我卖唱的提议，而是再多留两个月的诱惑像巨大的黑洞，瞬间吸光我脆弱的意志。

"你们知道我最容易冲动了，不要诱惑我，你们太坏了……"

"退吧，退吧，别走了。"瑞萍说。

我却沉默了。

有些话题，是没办法继续的。

晚点的时候大头来找我们。

瑞萍家的女孩们总是对新到的人比较感兴趣，像上次佳莹小孩对Joe，珊在姐姐的鼓励下把大头折磨了很久。

大头向我诉苦，我劝他忍耐。他终于恶狠狠地对我说："我怎么那么想把瑞萍她妹妹逼到墙角？！"

"然后你想做什么？"我下意识地向后缩了缩。

"然后……然后……然后不做什么，就是逼到墙角。"

"变态阿伯啊！"我大叫。

大头使劲捏了我的脸一下。

"哥哥，哥哥，买枝花送姐姐吧。"一个卖花的小男孩跑过来缠着Joe，他指着Joe身边的瑞萍，一定要Joe买他的花。

Joe摇摇桌上的骰盅说："这样吧，你跟我玩猜大小，我要是输了就买你两朵，但你要是输了得送我两朵。"

小孩一口答应，谁知却很滑头，不是偷看骰子，就是反悔要重摇。Joe赖不过他，也不计较了，认输，买了他两朵玫瑰花。一枝给瑞萍，另一枝递给我。

那枝花已经有点蔫了，用印着"I love you"字样的彩色塑料纸包着，恶俗得很。但是谁在意呢？我开心地捧在手里，那是我眼中美丽的花。

离开衙口海的时候，大头骑着摩托载我兜风。我们沿着无穷尽的海岸一路狂奔，满天星星和夜空里淡淡的云彩迅速地退后。我的笑声和头发一样乱七八糟。

我看着摩托车后视镜里大头的笑脸，对他说："来了趟福建，我好像多了很多个男朋友。你们对女朋友做的事情，我也在享受。"

大头突然加速，说：“你还真容易满足。”

“废话！不然怎么健康地成长到现在？”

“不过时敏，你知道吗？有一次我载着我以前的女朋友，也是像这样满天都是星星，从这个后视镜里我看到她的半张脸，她那个时候的样子……你知道吗？我到现在都忘不了。”

啊，原来每个人都有故事。仔细去聆听，都是动人的。

“我也忘不了今晚的满天星星和你的半张脸，哈哈。”我拍一拍大头的肩膀，打乱了他的感叹。

他说的却是大实话。今天晚上，衙口海宽广得更加无边无际，而记忆的帆却留在了这边。

~~thirty-six~~

36 :: 在塔前吹风，在离开前相拥

早上起床，瑞萍突然诡异地对我说：“时敏啊，我预感你这次回去后不久，很快又要再来福建了。”

我笑笑说：“当然，我不是答应了你十一肯定会再来的吗？”

瑞萍神神秘秘地说：“说不定比十一早哦！”

“嗯，说不定哪个周末我思念你们无法自已，就买了机票跑过来了。”我无比认真地说。丝毫不知道瑞萍是话里有话，而我完全被蒙在鼓里。

今天照旧去了瑞萍的办公室，她上她的班，我看我的电影。

坐在我身后的瑞萍突然在QQ上发来一条消息：“我早上说你很快就要回福建来，不是开玩笑的，是真的。”

我还在奇怪她为什么不直接跟我说话而要用QQ的时候，她又发来第二条：“妞，我要跟你说件事，你不要告诉别人哦。”

“嗯，你说吧。”我回过去。

“我要当妈妈了。”

这几个字像一颗炸弹在空气里炸开了，悄然无声却洒下了漫天的粉末，那粉末里像带着某种能产生快乐的化学物质，令我瞬间欢欣雀跃。

我在键盘上用一连串感叹号表达出我的惊讶，然后不停地问："你确定吗？什么时候的事？Joe知道吗？其他人知道吗？打算怎么办？你们什么时候结婚啊？"电脑键盘被我敲得噼啪作响，如果不是想到瑞萍爸爸在隔壁的办公室，我几乎要回转头抱着瑞萍一起跳起来。

瑞萍一一回答我，原来就是最近一个月的事，刚刚才发现，她犹豫了几天才决定告诉我。

我终于忍不住回头对瑞萍说："太高兴了！我太高兴了，这是近一个月来最让我高兴的事情。"

她笑着拍拍我，说："你傻不傻啊？"然后在QQ上回我，"高兴什么？还不知道怎么跟爸妈说呢。唉……"

"是哦，我完全没考虑到这方面。"

"唉……你啊……"

瑞萍和Joe在一起已经很多年，但是瑞萍的爸妈一直对这个女婿不太赞成。在这个特殊的闽南，婚姻不太像两个人的事，爸妈的态度确实是个大问题。

"放心，一切会好起来的。我相信。"我对瑞萍说，也不知哪儿来的信心。

瑞萍点点头。

接下来的几天，我们的话题自然有了新的重心。

我开始管瑞萍叫孩子他妈，管Joe叫孩子他爸，而我，立志要当孩子的干妈，并且已经开始履行孩子干妈的职责，在网上到处找孕妇须知的帖子看，去准妈妈们的论坛找人咨询，几乎要成半个专家了。

我自觉责任重大地坚持陪着瑞萍和Joe去泉州的医院体检。

在医院里，我小心翼翼地给孩子他妈端茶送水，嘘寒问暖。孩子他妈抽血化验时，我握紧她的手，遮住她的眼睛，不让她看见针头。

回程的路上我打趣说："记得以后跟孩子说，他第一次来医院是个北京的阿姨陪着来的！"

"是啊，时敏，你想想，你本来是在北京，那么远，但是现在居然陪着我们在泉州的医院。你说多奇妙，其实，想想也挺好玩的。"Joe也是个感性的人。

"像是注定的。有的时候，发生什么事，都像是安排好的。"

"你也算跟福建有很大渊源了。"

"呵呵，不说我这个老话题了啦。哎，想没想过孩子以后叫什么名字？"

"来得都不是时候，还给他取名字？！他想得美！就叫他'肚子'算了，简单好记。"

瑞萍终于忍不住了，一拳打过来："什么'肚子'啊，叫得这么难听，小心他听到了不出来。"

我却兴高采烈地叫个不停："肚子他爸啊，肚子他妈不高兴了哦。对了肚子他爸，你想好什么时候去肚子他妈家了吗？"

"本来打算今天去完医院，晚上就去瑞萍家的。但是……还是有点害怕的。"

车里的气氛忽然冷却下来。

怎么向瑞萍父母交代，然后得到家长的祝福成了彼时大家心中最大的烦恼。而迈出第一步也许是最艰难的。

这些天，也许是因为我就要离开，又或是因为承受了巨大压力的Joe需要陪伴，我们几乎天天聚在一起，猪少也回晋江来了。

第二天，Joe和我，还有大头去了石狮的姑嫂塔。

这个名字也许有些典故，大头说不出个由来，只知道是石狮最高的地方。站在这个塔上，可以看到石狮和晋江的交界，还有那一片烟波浩渺的衙口海。

这是在半山上的塔，石头砌的，三层，不算太高，但是没有门和楼道的护栏，在塔里阴暗的楼道拐角处如果不小心，很可能踏空就失足掉下去。

在塔前坐着吹风倒是惬意的事，风很大，带着微微的凉意。

大头干脆找了张大石凳躺下，闭上眼睛跟我们聊天。

聊的还是Joe的事。

Joe说："是死是活都要亲自面对啦，虽然有点害怕，但是明知道面前是凶险坎坷，也要硬着头皮去试试啊。"

看着Joe，我有点感动。

"瑞萍是说她先去交代，叫我暂时不要出现，等她打好铺垫，我再去跟她爸妈谈。但我总觉得不妥，一是怕她爸妈认为我不敢承担，二是担心瑞萍一个女孩子，怎么去独自面对啊。"

"嗯，我也担心瑞萍一个人。我觉得不能让她一个人去说。"

大头忽然睁开眼睛，说："红烧猪（猪少）说他想出了个绝好的主意，是给家长写信，然后男女主角暂时先避避风头。"

"我觉得不行啊。分什么样的父母，如果换了是我爸妈肯定看不到一半就把信撕了。而且，万一他们看到信，觉得我是那种连出面的勇气都没有的人怎么办？”

“怕你们激动起来说不清嘛，所以建议你们写信。不过我觉得啊，让瑞萍先去说说看，她开个头，这样让她爸妈有个准备，你也好去说一些。”大头的意见仍然不算明确，却倾向于瑞萍的决定。

我不知道哪个主意才是正确的。

我只是担心。

非常非常担心。

晚上我们又去了衙口海，猪少也来了。

四个人要了啤酒和烧烤，Joe说今天晚上放轻松点，不要再提他的事情。

今晚的衙口海依然热闹无比，我脱了鞋，光脚踩在沙滩上。

沙子带着细软的余温。

我们真的什么也不提，不提Joe和瑞萍要怎么去交代，不提我就要离开，我们玩得很开心。

大头连输几次，酒灌不进去的时候，我突然学起林志玲的声音，对着他嗲声嗲气地说：“高大头先生，你要加油，加油，加油哦——”

彼时我们刚看完电影《赤壁》，对林志玲饰演的小乔唏嘘不已。

大头突然瞪大眼睛看着我，然后大笑着说：“时敏，你这样说话，让我有一种莫名的变态的兴奋感。”

我又忍不住往后退了一步，抽出张餐巾纸扔他，说：“真是色阿伯！”

海边的嬉笑怒骂，似乎让我们把眼前一切该皱眉的事都抛在了脑后。

但也还是到了摊牌的那一刻。

躲不过。像是高考的前夜，让人坐立不安。

草草吃完晚饭，我和瑞萍还有她的弟弟妹妹聚集在宏的房间里，神情紧张得像在密谋某项恐怖的活动。

宏房间里的冷气混杂着桌上卤鸡爪的油腻气味。

我的心像被什么浑浊的液体浸没着，喘不过气来。

宏居然仍可以打他的电脑游戏，珊在一旁神情木然地看着电脑屏幕。黑妹握着瑞萍的手说着我听不懂的话，时时笑笑，时时叹口气。而我，几乎没有坐下来的时候，不停地在房间里走来走去。

瑞萍的电话响了。

Joe到了。我的心也提到了嗓子眼。

瑞萍叫我和珊下楼去把Joe接上来。彼时，瑞萍的爸妈已经被她安排在三楼客厅等着Joe的到来。

我拍拍Joe的肩膀，说："准备好了吧？没事的。"

宏说："我们在楼下听着动静，声音不对我们就上去帮你。"

Joe摘下他的眼镜交给我，说："这个东西我还是不戴着比较好，要做好挨打的准备。"

瑞萍和Joe上楼后就一直没有声响。

我一直催促宏走到楼道口去偷听上面的声音，这个时候我才意识到听不懂闽南话有多么大的影响。

忘记过去了多久。

大头和猪少发短信来问现在的情况。

我详细地编辑成一条条短信回过去，按手机键盘按到手指发痛。

这时宏房间的门突然被推开，门外是瑞萍爸爸一张紧绷着的脸。

我紧张得从沙发上跳起来。

“宏啊，你出来。”瑞萍爸爸叫他，这句我听懂了。

房间里剩下的三个女人，和黑屏休眠的电脑一样安静。

像过了一个世纪那么漫长。宏回来了，一脸垂头丧气。

我的心忽然慌得厉害，忙抓住他问：“怎么样怎么样？你爸跟你说什么？”

他终于忍不住哈哈笑出来，说：“没事了。一切OK。”

“真的吗？你没弄错吧？”

“没啦，我爸对我说，将来要是出了什么事，我来负责。就我对我老爸的了解啊，应该是默许了，没事啦！”

彼时，那糊住我心口的混浊液体终于被冲开。

我不住地重复着：“真的啊？太好了！真的啊？太好了！”一时间，眼眶竟然湿润了。

宏说：“Joe已经下楼了，叫你拿他的眼镜给他。”

“好的！”我抓住眼镜冲下楼去。那一刻，我迫不及待地想给孩子他爸一个大大的拥抱。

夜色中，我看见Joe和瑞萍两个人立在院门口，Joe银色的车在月光下静静地散发着温柔的光晕，那淡淡的安定的幸福感在那一刻击中了我。

我搂着孩子他爸和孩子他妈，激动地说：“我说一切会好起来的吧？！”

瑞萍满脸笑意，却口不对心地说：“我怎么没什么感觉？”

Joe开心地推了推我，说：“时敏，够兄弟！”

嗯，兄弟。

彼时我想，如果奇迹真的会被人创造，我相信，那一定是团结的力量。

既然这个奇迹可以被创造，那么我的奇迹能不能也依靠团结的力量?

我不想离开。

我还想回来。

thirty-seven
37 :: 没有一种快乐能够纪念在云端的日子

人不能左右的事情很多，排在第一位的，应该是时间。

在瑞萍家的十二天，终于，也成为过去的回忆。

我最后一次用瑞萍的大不锈钢保温壶盛完调好的蜂蜜水送到她的办公室。

我收拾好电脑，收起我的咖啡杯，擦干净，然后塞进我的行李箱里。

瑞萍说："明天我不想去送你，省得你哭。"

我拍拍胸脯，说："嘁，我肯定不哭。"

我知道这很难，但是，我一定要做到。

我是笑着来的，也要笑着离开。

临行前的最后一晚我请大家在衙口海吃饭。

猪少说菜单他要严格把关，不能让我多花钱。

我笑笑说谢谢他体恤一个失业的大龄女青年的压力。

我最后一次脱了鞋，把脚埋在南方的沙滩里，看衙口海岸的黄昏渐渐变暗。

海岸线那一抹淡淡的橙色晚霞，浸在远方的海水里，渐渐褪色。天空被浸染过的海水晕上了一层模糊的灰蓝。

海风静静地吹着，大排档的万千颗灯泡倏地全部亮起，周围的喧闹似乎与我无关。

我依然贪婪。妄图用眼睛记下一切，海天的颜色却变化万千，贪婪的欲望都是枉然。

又有卖唱的小姑娘经过，脸蛋白皙可爱。

猪少点了首梁静茹的《宁夏》来听，小姑娘的嗓子远没有脸蛋漂亮。

大头怂恿我，说："时敏，你去唱一段。"

我笑着推开话筒，真的不敢。

也许我真该唱上一段。在衙口海悠扬的夏夜里，在我不舍得的人们身边，也许，我应该唱上一段。

离开衙口海的时候，大头仍然骑摩托载着我一路沿着海岸线飞奔，快速倒退逝去在脑后的景色，这次也许真的失去了。

大头说："时敏，其实你来的第一天我就觉得你好像要走似的。你现在是来了半年，就算你在这里住十年，二十年，甚至更久，我都会觉得你随时可能走。"

"为什么？你也觉得我不属于这儿？"

"是吧。"

我在大头背后默然，不再说话。

耳边呼啸的风声，像离别时站台的汽笛，催促得人心发慌。

去欢唱KTV的路上，我们在Joe的车里更是挤得喘不过气来。

我想，这样亲密的拥挤，正好代替明天机场离别的拥抱。

我要若无其事地走，面带微笑。

在欢唱KTV等位的时候我叫了大家聚在一起抬头看天花板上的玻璃镜子，玻璃天花板映着大家模糊的脸，然后我掏出手机对着天花板拍了一张大家的合照。

在欢唱KTV里，大家仍如往常，唱歌，喝酒，摇骰子划拳。没有人提第二天将要发生的事情，像我只是要回厦门，下个周末依然会固执地回到晋江。

像晋江，真的是我的老家一样。

我卖力地唱着，挑欢快的歌来唱。

大家卖力地喝着，骰盅碰撞出愉悦的声响。

唱完歌大家各走各的，阿平又醉了，他拉着我一遍又一遍地说："时敏，明天我一定去送你。"

回到瑞萍家，我最后一次躺在让我能安心入睡的地铺上。

我还是忍不住编辑了条短信发给瑞萍和Joe，说："今晚小煽情一下，明天决不再提。我舍不得你们，真的舍不得。"

然后关机。

黑暗中，空调的绿色指示灯无比明亮。

我睁眼看门缝里透进来的微弱的光，一直看到天亮。

啊，七月十三日到了。

今天瑞萍没有去上班，她坐在床上看着我收拾东西，一件一件地往箱子里塞。

最后她塞了一只棕色的小熊给我。我放在随身的包里，我说我会带着它走在北京的街上。

大头和Joe来接我。

大头上楼来帮我拿箱子。

瑞萍推一推我，我很快地转身，出门，不敢再回头。

偏偏她又叫住我说："你把我钥匙带走了你快还我！"

我狼狈地掏出钥匙递给她说："快点结婚，我好快点来参加。"

然后在眼泪迸出来的前一刻逃离了瑞萍家——我的家。

我去猪少家跟猪少的妈妈告别。

让我一个一个地跟你们说再见。

大家仍然什么都没有提，我们去客家楼吃午饭，点了一堆菜，抢着吃。

我真的吃不下。

猪少夹了好多菜放在我碗里，我逼着自己吃，还是咽不下。

Joe说一会儿大雄和国清要来送我。

我不知道是该高兴，还是难过。

我相信，对这个男人的爱和伤害已经幻化成我此刻难过的心情里最小的成分。而面对我即将离开的朋友和即将失去的生活，我的难过，铺天盖地。

再见到大雄的时候，我终于做回了自然的我。

我们在餐桌前和大家一起说说笑笑，议论Joe的幸福八卦，开Joe的玩笑，等着时间去机场，却像事先说好，谁也不提"离别"二字。

离开客家楼要去机场的时候，我犹疑了一下，还是走向了大雄的车。

大头陪我一起。

我又坐到了我熟悉的副驾。

车里播的是热烈、欢快的黑人音乐。

我们也聊天微笑，并不做作。

窗外蓝天白云，那曾经痛苦过、挣扎过不能释怀的一切，终于云淡风轻。

我很高兴地发现自己无论得到还是失去，面对爱过的人，仍然心存感激。

我喜欢这样的自己。

大雄开车，我们最先到机场。

猪少拉着我的箱子，大雄拎着我的电脑。

托运行李的时候猪少惊呼道："时敏你太厉害了，刚好二十公斤！"

我骄傲地说："我高考估分和实际结果就差了一分。"

大头仍是那句老话："厉害厉害。"

没有离别的气氛。

大家甚至在议论各自的事情，不看我，不和我说话。

终于等到去安检处排队。

那一刻，大家终于沉默了。世界仿佛都静了。

我笑着挥手说再见，扭过头去对自己说，不要再回头不要再回头。

可在转角处我还是忍不住转身，看见大雄也看着我。像有亮亮的光在这双眼睛里，一直看着我。

猪少也看着我。

大家都看着我。

我想起我到厦门的那天，仿佛也是这样的一群人。我想起那时大家身后灿烂的阳光，忽然鼻子有点酸。

我努力吸一口气，用力地挥挥手，挤出灿烂的笑。

我好舍不得你们，我要你们记住，我的微笑。

我往登机口走，腿有些打晃，脚下的土地似乎变得不真实起来。

我终于上了飞机，和蔼可亲的空姐笑着过来检查我扣好的安全带。

广播突然响起："我们的飞机将要晚点十五分钟，请乘客在座位上耐心等候。"

这十五分钟，我希望飞机就这样永远停住。因为我知道，那一刻，我离我的不舍得只有十五分钟的距离。

这么近，那么远。

但是飞机还是起飞了，机身经过一番剧烈的震动，摆脱了地心引力飞上了天空。

我从机舱的窄小窗户里望见那一片土地渐行渐远，终于模糊成一片。

窗外的视线渐渐被白色的云彩填满。

我从包里拿出我的日记本，一页一页地看。从我离开北京的那一天，看到昨夜在瑞萍家的最后一晚。

看我想要的生活，看我追求过的幸福，看我得到的满足和失去的释怀，看我每一天都被我珍视的朋友的爱宠坏。

我才发现自己拥有过的曾经是多么的精彩。

有梦想，有梦想的实现，有爱，有那么多爱，让生命如此繁盛灿烂。

大爱无声不是望入眼底便是铭刻于心上，那曾经的每一日，真实度过的每一日，让我此刻，始终微笑。

后记⊙

爱上一座城的人们，因而爱这座城

我们什么都抓不住，什么都在流逝。

当我不再拥有的时候，我唯一能做的就是使自己不要忘记。

真正意义上，我离开过厦门三次。

第一次是二〇〇六年的二月，我和家人在春节后来厦门度假。

那是跟着大人们走马观花，吃住都在高级酒店的无聊旅行。所幸有亲爱的姐姐陪伴，更庆幸对厦门的走马观花仍然可以是美不胜收的，所以这场旅行也留下了美好的印象。

那也是我第一次来这个城市，第一次去鼓浪屿，第一次看到南方的海。

只觉得城市可爱，人也可爱，那时就萌发了想来这座小城生活的念头。

第二次是二〇〇七年的十月，我和我大学宿舍的闺密们有一个每年至少要在一个地方一起过个生日的约定，私心作祟，在我的怂恿下，我们定在了厦门。

那真是无比快乐的五天时光，有亲密的朋友陪伴，在哪里都可以是乐趣无穷的，更何况我们是身在这么可爱的厦门。

这五天，让我认识到了一个新的厦门，让我知道生活原来可以如此小资、如此文艺、如此平静。

这五天，也让我重新爱上一个男人，让我下定了回北京辞职，迁来厦门寻找幸福生活的决心。

第三次是二○○八年的七月，我在厦门真实地生活了一百三十五天以后。

每一次的离开都是刻骨铭心的。

这种不舍令我惊讶，像是与生俱来，根本无从解释。

如果非要牵强地说厦门跟我有任何关系也许有些矫情，但是，这座小城，确实是我眼中的故乡。

每一次离开，我都像离开家一样，期待下次回家的时候。

一百三十五天以后，也一样。

甚至，给了我更多回去的理由。

而这些，都是我的财富。

谢谢这段日子里所有陪伴过我的人和事，我都心存感激。

我想起高大头问我，这个城市到底是个开心的地方还是个伤心的地方？我真的不知道。我只知道，这是个我很有感情的地方，虽然只来过两次，前后住了不到两个星期。

眼泪跟随着我一路上了厦航的飞机，在飞机离开地面剧烈震动的一刹那，我泣不成声。仿佛离开这个地方需要经历切肤的疼痛。仿佛我从来没有在北京和武汉生活过，仿佛我从来跟这个城市就是一体的，分不开。

其实我知道，只是离不开这里的人而已。就像露露写的：“这个城市，还好；这个城市的人，很好。”

爱上一座城的人们，因而爱这座城。

要问为什么北京总给我不安定的感觉？我想那也是因为，没有这样一种亲密的关系。

眼泪摆脱了地心引力跟着我来到三万英尺的高空，我泪眼蒙眬地从窗外望出去，天际有奇幻的蓝和橙混合在一起，像看不清楚的未来，危险却旖旎。

不知道未来会怎样，我静静地在等一个答案。

（鄂）新登字02号

图书在版编目（CIP）数据

你若坚强，岁月无恙 / SS大小姐著. — 武汉：湖北教育出版社，2014.3

ISBN 978-7-5351-9816-7

Ⅰ. ①你… Ⅱ. ①S… Ⅲ. ①散文集－中国－当代 Ⅳ. ①I267

中国版本图书馆CIP数据核字（2014）第058191号

出版发行　湖北教育出版社

邮政编码　430015　电　话 027-83619605

地　　址　武汉市青年路277号

网　　址　http://www.hbedup.com

经　　销　新华书店

印　　刷　北京京都六环印刷厂

开　　本　880mm×1230mm　1/32

印　　张　7

字　　数　150千字

版　　次　2014年5月第1版

印　　次　2014年5月第1次印刷

书　　号　ISBN 978-7-5351-9816-7

定　　价　29.80元